茨木のり子の献立帖

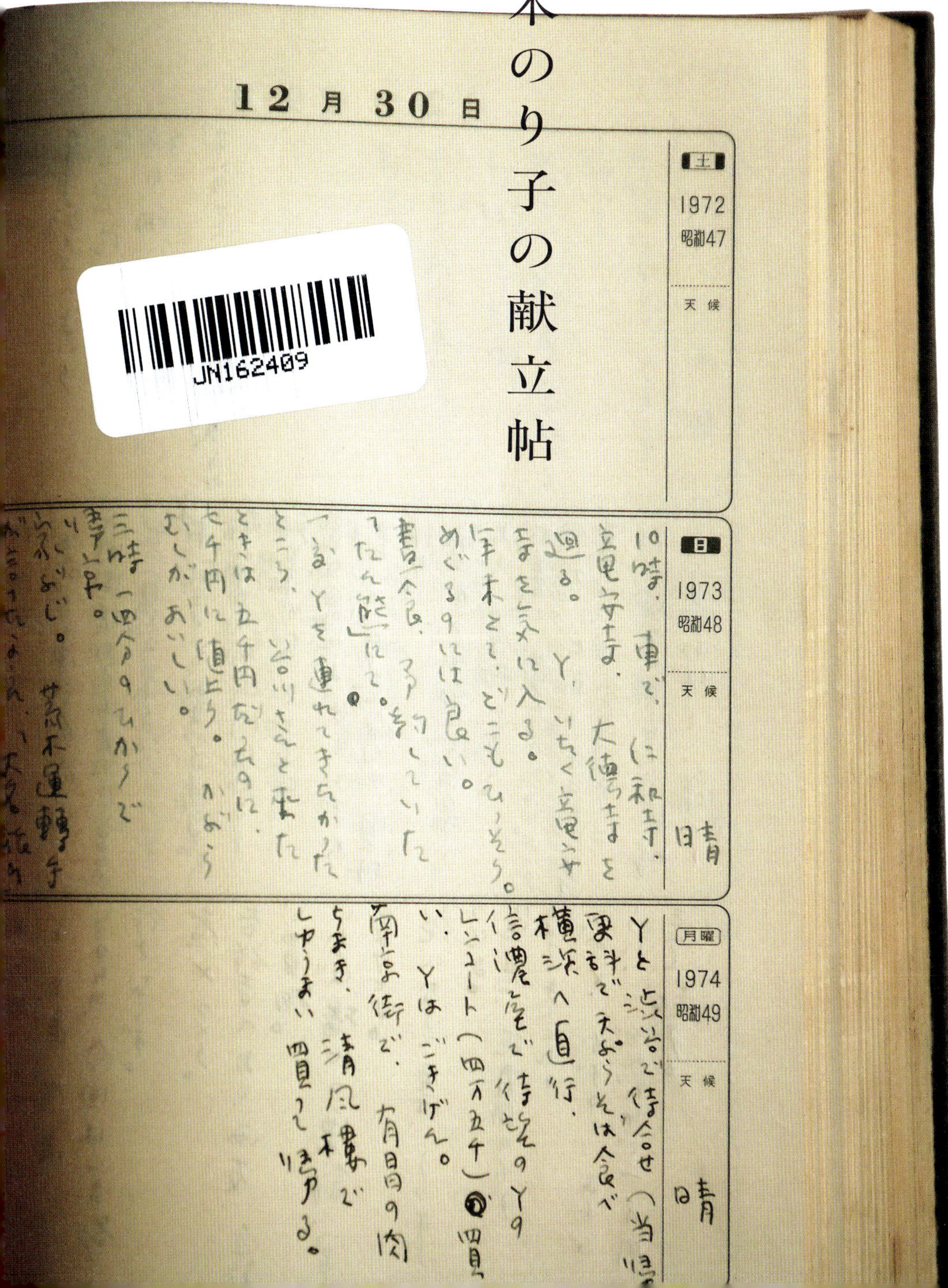

写真＝平地勲

一九五八年十月に建てた東伏見の家の台所。食器棚には引戸があり、食堂への給仕口となる。左のシンクの上に東向きの窓がある。ここに亡くなるまで暮らした

上：白いはね上げ扉の収納に、秤と押し寿司用の型が収まる　下：給仕口の上部に渡された飾り棚に並んだグラス

「暮しの手帖」から贈られたのれんの前で

ぽってりした土ものの器が好み

上：食器棚の扉をあけたところ。来客用の食器も多い　下：シンクは特注のステンレス製。髙島屋の小さな銘板が付いている

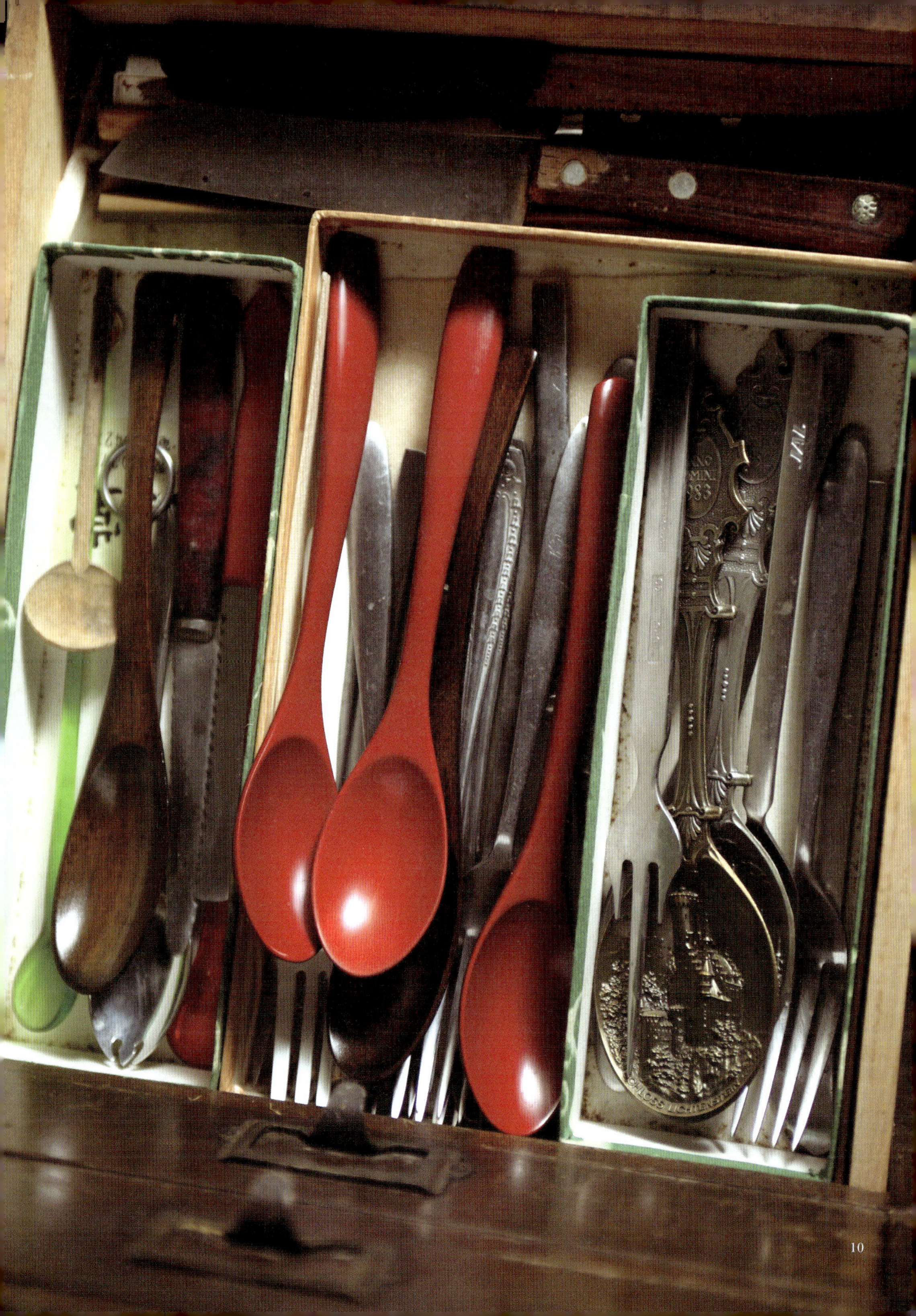

食器棚の横に置かれた引出しのついた小家具。引出しごとに、スプーン類や割りばし、楊枝などが入る

茨木のり子には、詩人としての顔と、家庭人としての顔がある。
昭和二十四年（一九四九）、二十三歳で結婚してから
五十代にいたるまでの日記に目を通すと、
創作に励みながら、毎日の生活にていねいに気を配る姿が、
簡潔なことばのなかから浮かび上がってくる。
生活の中心は家事であり、ご飯の仕度である。
その日の献立を考え、買いものをして料理する。
医師であったY（夫・三浦安信）との食事。
Yのよろこぶ姿。詩人のグループや友人、知人を招いての食事会。
茨木のり子の詩は、そうした日々の営みが結晶したものである。
ファイルにのこされた手書きレシピやスクラップ帳、
日々欠かさず綴られた日記の記述などをもとに、
茨木のり子の食卓を再現してみる。

- 料理は、自筆のレシピ（私製はがきに一品ずつ書かれクリアファイルに収まるもの、スクラップ帳やメモ帳に書かれたもの）をもとに作った。
- 日記に記載されたメニューは、料理名だけでレシピはないが、標準的な家庭料理として作った。
- うつわは、料理にあわせ編集部で用意した。
- 読者の参考になるように、レシピの末尾に編集部による調理メモを記した。

買い物かごを持ち、新築した東伏見の自宅前に立つ

みどり式カレー

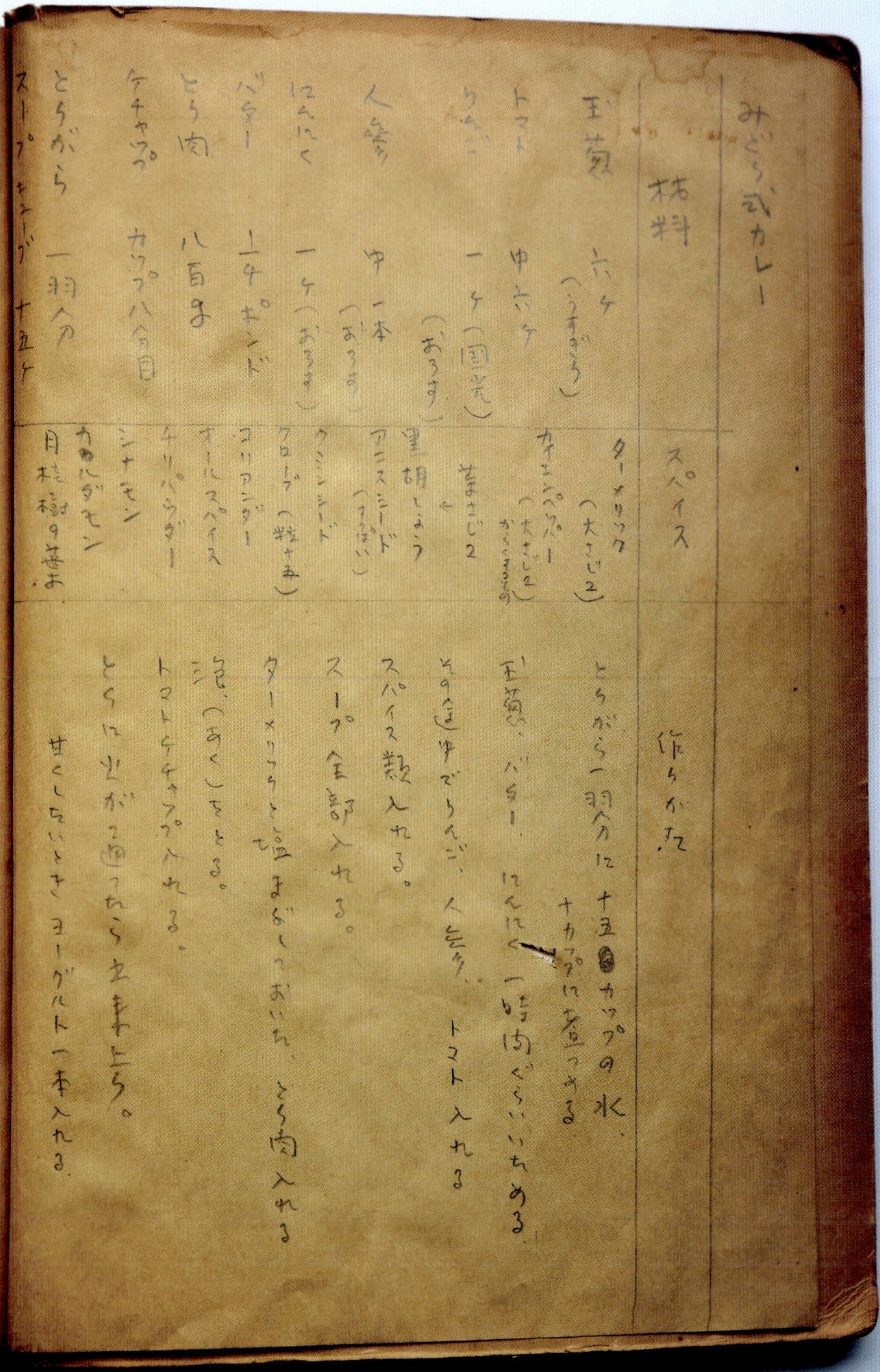

みどり式カレー

材料

玉葱 六ケ(うすぎり)
トマト 中六ケ
りんご 一ケ(国光)(おろす)
人参 中一本(おろす)
にんにく 一ケ(おろす)
バター 1/4ポンド
とり肉 八百匁
ケチャップ カップ八分目
とりがら 一羽分
スープキューブ 十五ケ

スパイス

ターメリック(大さじ2)
カイエンペッパー(大さじ1/2)からくするもの
茶さじ2 ←
黒胡しょう
アニスシード(すこし)
クミンシード
クローブ(粒十五)
コリアンダー
オールスパイス
チリパウダー
シナモン
カルダモン
月桂樹の葉

作りかた

とりがら一羽分に十五カップの水.
十カップに煮つめる
玉葱、バター、にんにく一時間ぐらいいためる.
その途中でりんご、人参、トマト入れる
スパイス類入れる。
スープ全部入れる。
ターメリックと塩まぶしておいた、とり肉入れる
泡(あく)をとる。
トマトケチャップ入れる。
とりに火が通ったら出来上り。
甘くしたいときヨーグルト一本入れる.

材料
玉葱　六ケ（うすぎり）
トマト　中六ケ
りんご　一ケ（国光）（おろす）
人参　中一本（おろす）
にんにく　一ケ（おろす）
バター　1／4ポンド
とり肉　八百g
ケチャップ　カップ八分目
とりがら　一羽分
スープ　キューブ　十五ケ

スパイス
ターメリック（大さじ2）
カイエンペッパー（大さじ2）
からくするもの

茶さじ2
↓
黒胡しょう
アニスシード（すっぱい）
クミンシード
クローブ（粒十五）
コリアンダー
オールスパイス
チリパウダー
シナモン
カルダモン
月桂樹の葉

作りかた

とりがら一羽分に十五カップの水、十カップに煮つめる
玉葱、バター、にんにく 一時間ぐらい いためる
その途中で りんご、人参、トマト入れる
スパイス類入れる。
スープ全部入れる。
ターメリックと塩まぶしておいた、とり肉入れる
泡（あく）をとる。
トマトケチャップ 入れる。
とりに火が通ったら出来上り。
甘くしたいとき ヨーグルト一本入れる

●りんご、人参をすりおろすとあるが、ミキシングしてもよい。りんごと人参の甘みに、さまざまなスパイスが効いて、唯一無二の美味しさ。みどりさんは、詩人・友竹正則夫人。十人分

ポテトキャセロール

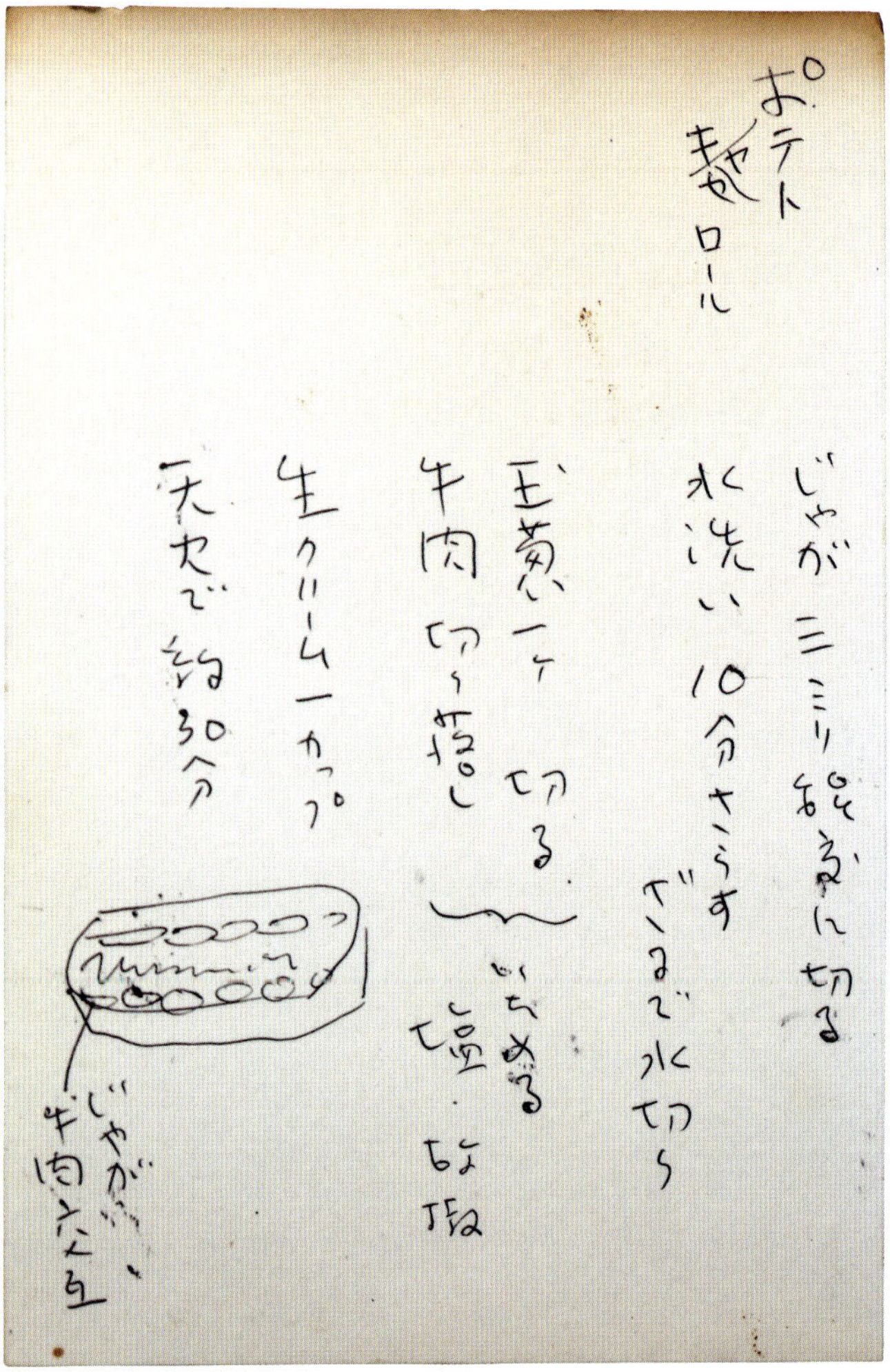

ポテトキャセロール

じゃが三ミリ程度に切る
水洗い10分さらす
ざるで水切り

玉葱一ケ切る
牛肉切り落し } いためる
塩、胡椒

生クリーム　一カップ

天火で約30分

●脂がのった牛肉と玉葱を炒め、それらと薄切りのじゃがいもをイラストのようにキャセロールに並べる。後は生クリームをかけてオーブンで焼くだけ。二人分

鶏の水炊き

鶏の水たき（5人分）

鶏　1K200g

水　15カップ

コンブ　20g

白菜　300g

春菊　1ワ

豆腐　1丁

ぽんず　ダイダイ1ケ ＞ 同分量

　　　　醤油 同一

もみじおろし

大根に七味とうがらし

さらし葱加える

① 春菊、白菜、先に茹でる。

② 鶏、湯通し。

③ コブ、先に入れ、鶏を入れる。（強火）

沸騰したらコブ引出す。火加減を今度は弱火、1時間ほど煮る。（これが水たきのコツ。）

④ スープ布漉し、塩少々たし、鶏を改めて入れ、野菜を入れて、食卓に出す。

●手順③の、こぶ出汁に鶏を入れ1時間ほど煮るのが水炊きのコツ。鶏がほろりと崩れるくらい柔らかくなる。ダイダイと同量の醤油で作ったポン酢も美味しい

鶏の水たき（5人分）

鶏　1K200g
水　15カップ
コンブ　20g
白菜　300g
春菊　1ワ
豆腐　1T

ぽんず　ダイダイ1ケ
　　　　醤油 同一 〉同分量

・もみじおろし
　大根に七味とうがらし
　さらし葱加える。

① 春菊、白菜 先に茹でる。

② 鶏 湯通し。

③ コブ 先に入れ 鶏を入れる。（強火）
沸騰したらコブ引出す。火加減を今度は
弱火、1時間ほど煮る。（これが水たきのコツ）

④ スープ布漉し、塩少々たし、鶏を改めて
入れ、野菜を入れて、食卓に出す。

ちぢみ

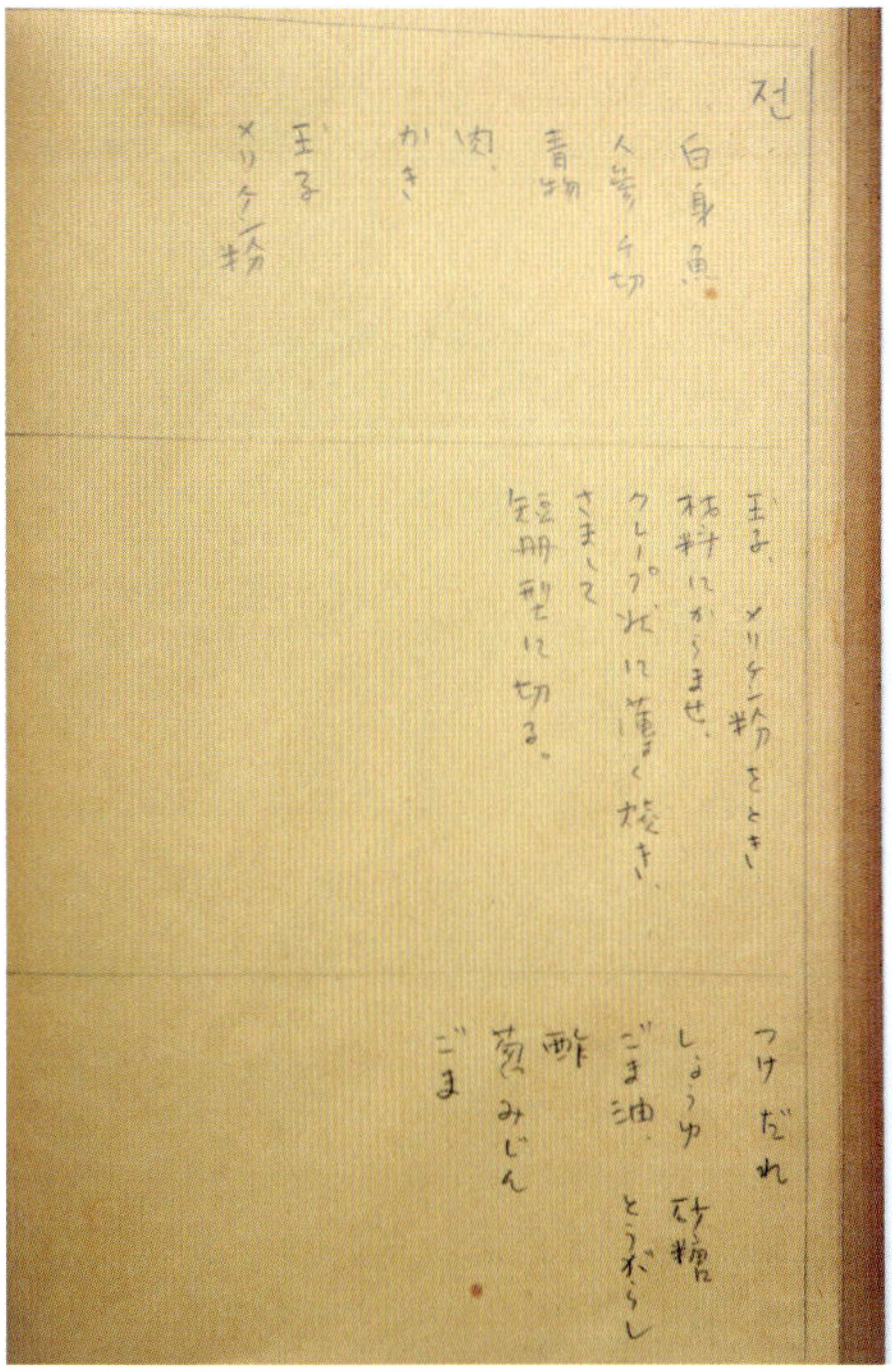
전
白身魚
人参千切
青物
肉
かき
玉子
メリケン粉

玉子、メリケン粉をとき材料にからませ、クレープ状に薄く焼き、さまして短冊型に切る。

つけだれ
しょうゆ　砂糖
ごま油　とうがらし
酢
葱みじん
ごま

ちぢみ

白身魚
人参千切
青物
肉
かき
玉子
メリケン粉

玉子、メリケン粉をとき材料にからませ、クレープ状に薄く焼き、さまして短冊型に切る。

つけだれ
しょうゆ、砂糖、
ごま油、とうがらし、
酢
葱みじん
ごま

●多めのごま油を熱したフライパンに牡蠣を落とし生地をのせて焼く。ひっくり返すとこんがり焼けた牡蠣が現れる

中華風サラダ

中華風サラダ
グリーンアスパラ　6本
生しいたけ　5
セロリ　1
にんじん　1／2
細切り
湯に塩一つまみ
人参、アスパラ、セロリ、しいたけの順に茹でる
水に放ちざるにあげる
ごま油 大一
塩 小さじ一
} もむように和える

●細切りした野菜を歯応えが残るよう茹でるのがコツ。ざるに上げ、キッチンペーパーなどで水分をしっかり取る。ごま油、塩だけの味付けながらとても美味しくいただける。二人分

中華風サラダ

グリーンアスパラ6本
生しいたけ 5.
セロリ 1
にんじん 1/2

細切り

湯に塩一つまみ
入れ、アスパラ
セロリ、しいたけの順に
茹でる
水に放ち
ざるにあげる

ごま油大一
塩 小さじ一
もさように
和える

茶碗蒸し

1956年　昭和三十一年
二月十五日　水曜　晴

Y、欠勤。
風邪と疲労のため。
コーヒーいれ、エクレヤでお八つにしたら、おいしがる。
夜、やきとりと茶碗むし。
病気になると、ふきげんで返事もろくにしない。
「日本史概説」読む。
原実氏より速達、家の件、かしてくれるとのこと。

●溶き卵に冷やしただし汁（卵の量の三〜五倍）を加え卵液を作り、漉し器で漉す。器にまず具材を入れ、静かに卵液を注ぎ入れる。最初は強火、表面が白くなったら弱火で蒸す

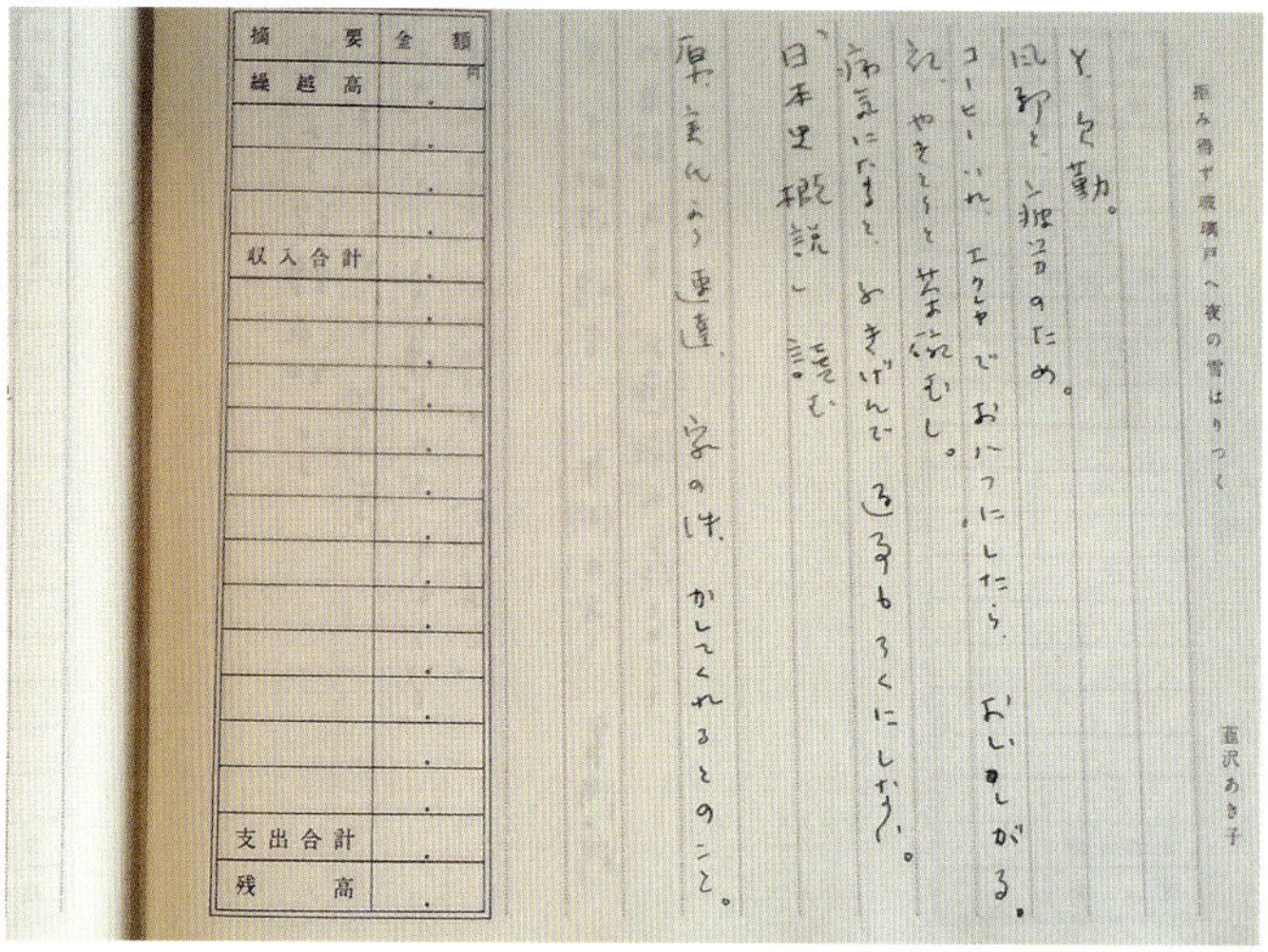

めいたがれいのフライ、赤貝の酢の物、カブぬか漬け

1972〜74年、博文館三年連用当用日記

1972年　昭和四十七年
九月一日　金曜　晴

あわただしく日は過ぎゆけり。残暑。
たまった洗濯、草むしり。
昨日、Yに気の毒したので（折角一日休みとった）夜、少々御馳走
　めんたかれい　フライ
　赤貝　わかめ　酢のもの
　かぶぬか漬
いづみより「麦藁帽子」の号くる。いいカット。

●めいたがれいは、塩・胡椒をして小麦粉を付けて揚げ、レモン片を添える。赤貝とワカメには土佐酢をかける

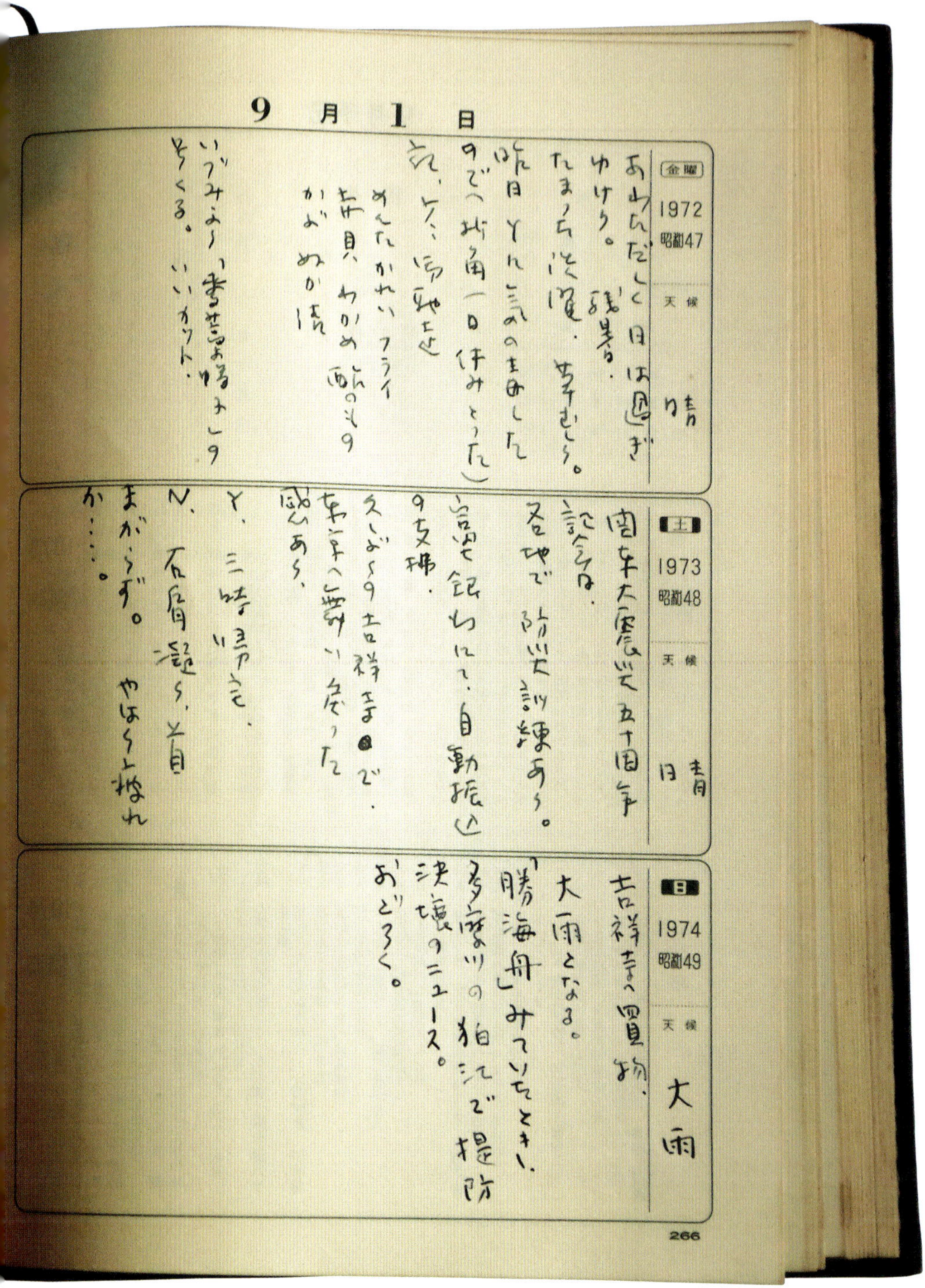

9月1日

金曜 1972 昭和47 天候 晴

あわただしく日は過ぎゆけり。残暑。
たまった洗濯。草むしり。
昨日より気の毒したので（折角一日休みとった）主人、写楽[illegible]
めんたかれいフライ
赤貝わかめ酢のもの
かぶぬか漬
いづみより「毒薬と帽子」のをくる。いいカット。

土 1973 昭和48 天候 晴

関東大震災五十周年記念日。
各地で防災訓練あり。
富士銀行にて、自動振込の支払。
久しぶりの吉祥寺で、東京へ舞い戻った感あり。
Y、三時帰宅。
N、右肩凝り、首まがらず。やはり疲れか……。

日 1974 昭和49 天候 大雨

吉祥寺へ買物。
大雨となる。
「勝海舟」みていたとき、多摩川の狛江で堤防決壊のニュース。
おどろく。

266

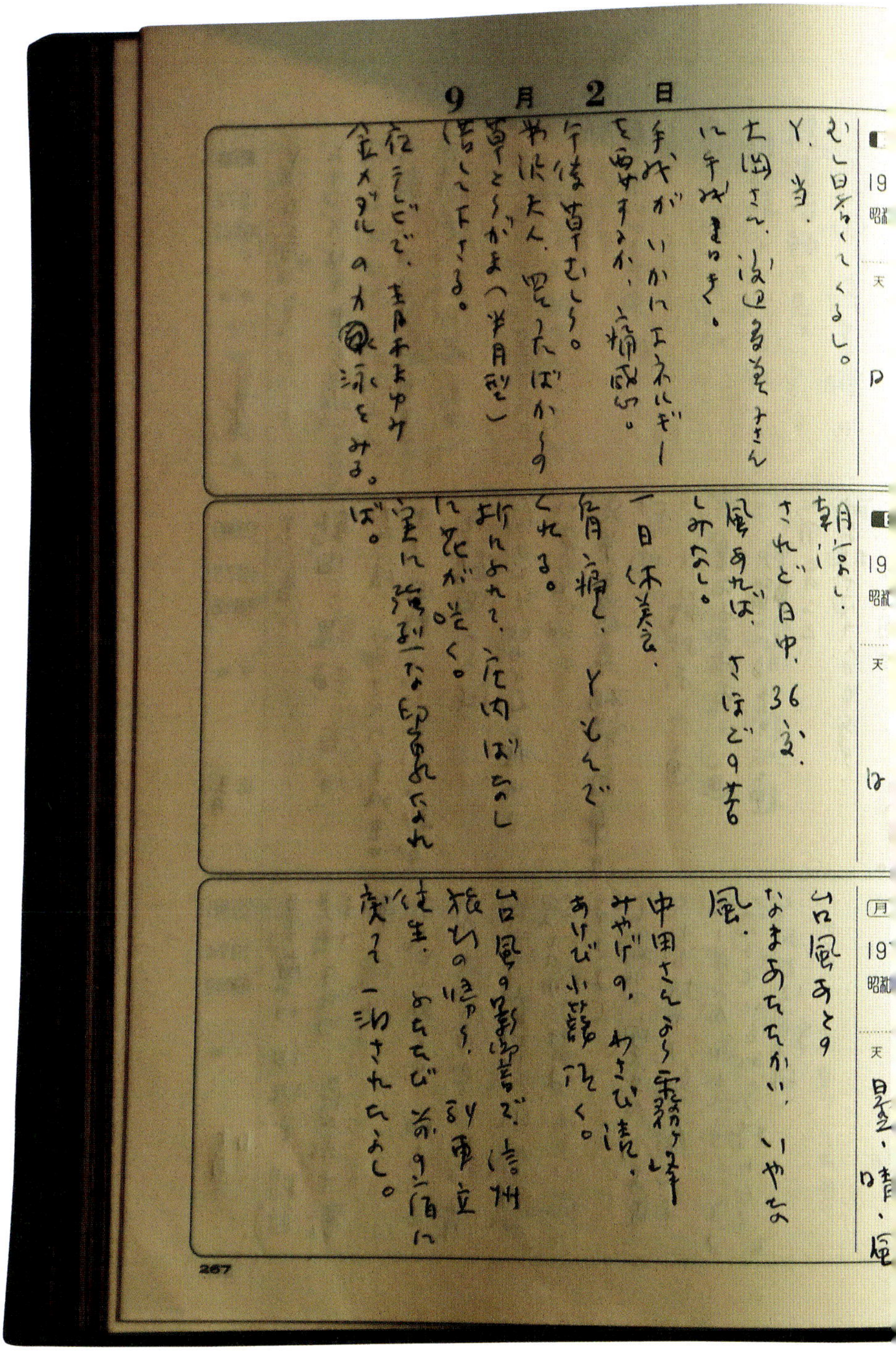

その日の天候に始まり、献立、洗濯や草むしりなどの家事、テレビのニュースなどが簡潔につづられている

ガスパチョ

ガスパチョ

①トマト　熟したもの
②オリーブオイル
③にんにく　2、3片
④パンクズ
⑤きうり薄切り
⑥パセリみじん切り

①にんにく、トマト
パンくず、オリーブ油少々
塩こしょうで味をととのえ
ミキシング（水も少し）
②冷蔵庫でひやす
③パセリみじん、きうり
レモン小片添える

●材料を切ってミキシングするだけで簡単にできる。パンくずを入れるのは、野菜から出る水分と具材が分離するのを防ぐため。パン粉でも可。味付けは塩、胡椒、オリーブオイル

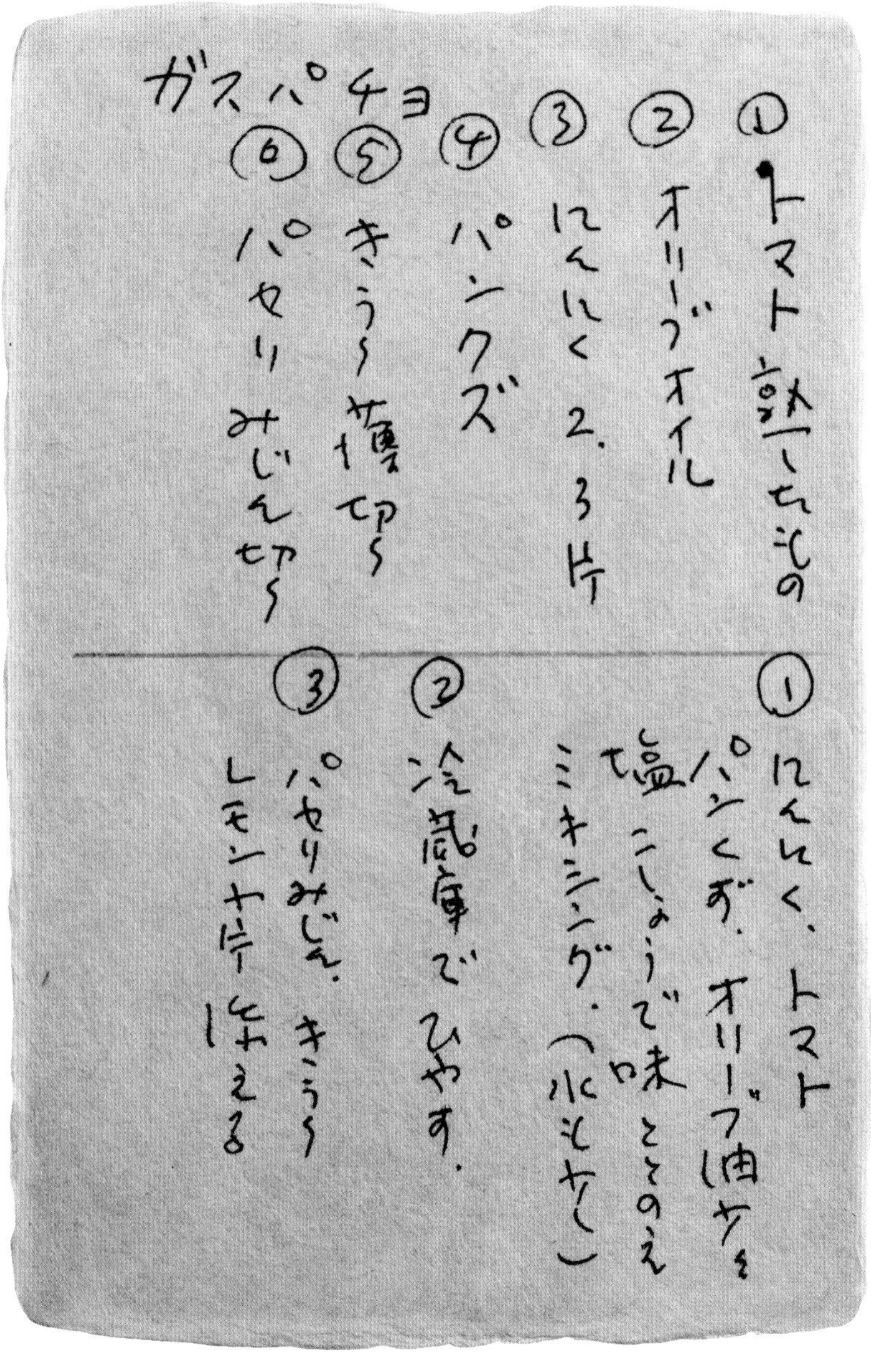
ガスパチョ
①・トマト熟したもの
②オリーブオイル
③にんにく2、3片
④パンクズ
⑤きうり薄切り
⑥パセリみじん切り
①にんにく、トマト
パンくず、オリーブ油少々
塩こしょうで味ととのえ
ミキシング。(水少し)
②冷蔵庫でひやす。
③パセリみじん、きうり
レモン十片　添える

ローストビーフ

ローストビーフ

野菜　人参
玉葱
トマト
セロリ

①天板二一〇度くらいあたため
②天板、肉塊にもサラダ油大一さじふりかけ
③肉のまわりに野菜、水大さじ2、3杯
④15分焼く
⑤ふたたびバター大さじ一、二杯おとし、オーブンへ
⑥温度一八〇度に下げときどき水を補う。
⑦20分焼いて取り出し金ぐしさして、2、3秒待ち、唇にあてて熱ければ可
⑧アルミ箔かぶせて余熱さめるまで置く
⑨天板の油、野菜くず小鍋に移し、ワイン、固形スープ、コーンスターチでとろみのソース
⑩ホースラディッシュ

●牛肉塊は塩、胡椒をして、フライパンで表面に焼き色を付ける。それから、玉葱、セロリ、人参を添えて、オーブンで焼く

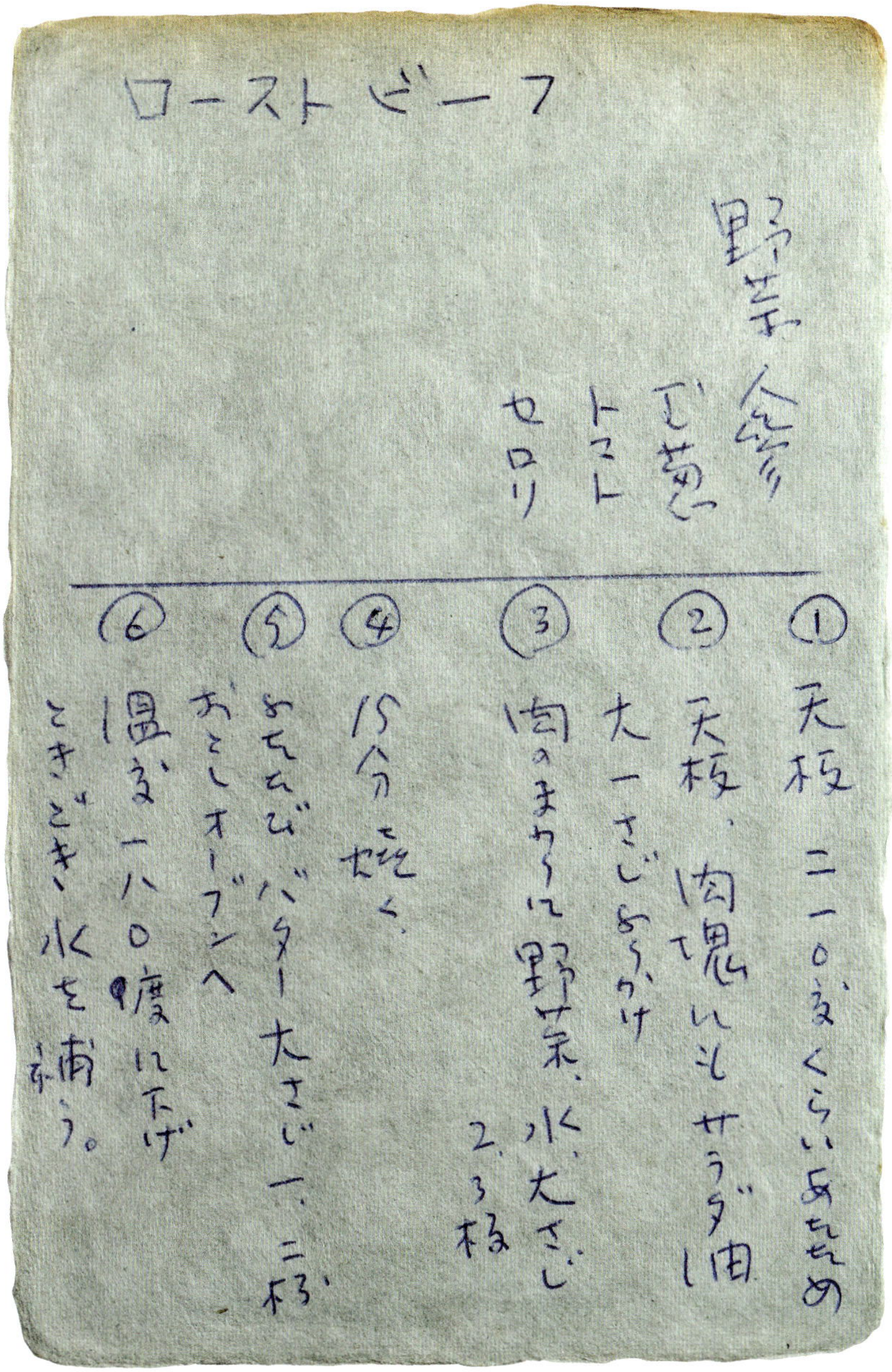
ローストビーフ

野菜
人参
玉葱
トマト
セロリ

① 天板 二一〇度くらいあたため
② 天板、肉塊にもサラダ油
大一さじふりかけ
③ 肉のまわりに野菜、水、大さじ
2、3杯
④ 15分焼く
⑤ ふたたびバター大さじ一、二杯
おとしオーブンへ
⑥ 温度一八〇度に下げ
ときどき水を補う。

水正果《スジョングァ》
ちりめんじゃこ　とうがらしまぶし

水正果　수정과

しょうが
シナモン（棒一本）
干柿
しょうがを煮出し
砂糖　シナモンを入れ
干し柿入れてひやしておく

＊

ちりめんじゃこ とうがらしまぶし

ちりめんじゃこ
とうがらし
葱　小口切り
ちりめんじゃこ　湯どうし
みりん煮切り
しゅうゆ　酢　ごま油
とうがらし　葱で合える

●水正果は、干し柿を入れ、しょうが、シナモンを効かせた韓国の伝統的な飲み物。ちりめんじゃこには粉末の韓国唐辛子をたっぷりと。辛味、酸味、じゃこの旨味が相まって絶品

しょうが
シナモン（棒一本）
干柿

ちりめんじゃこ　とうがらしまぶし
ちりめんじゃこ
とうがらし
小葱　小口切り

しょうがを煮出し
砂糖　シナモンを入れ
干し柿入れて　ひやしておく

ちりめんじゃこ　湯どうし
みりん　煮切り
しょうゆ　酢、ごま油
とうがらし、小葱で合える

チキンライス、ほうれん草おひたし

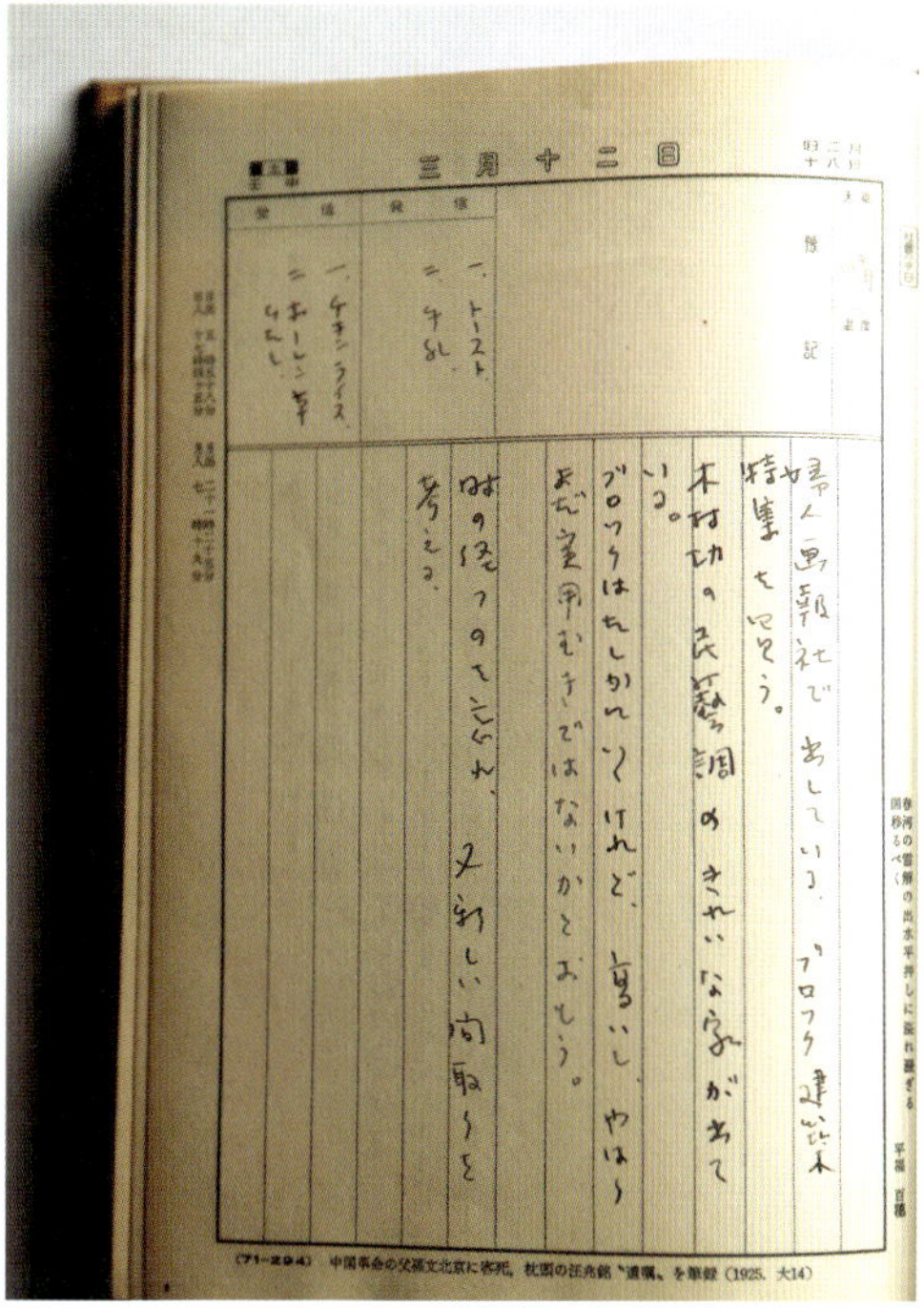
三月十二日

一、トースト
二、牛乳

一、チキンライス
二、ホーレン草ひたし

婦人画報社で出しているブロック建築特集を買う。木村功の民芸調のきれいな家が出ている。ブロックはたしかにいゝけれど、高いし、やはりまだ実用向きではないかとおもう。時の経つのを忘れ、又新しい間取りを考える。

1955年　昭和三十年
三月十二日　土曜　晴

婦人画報社で出しているブロック建築特集を買う。木村功の民芸調のきれいな家が出ている。

ブロックはたしかにいゝけれど、高いし、やはりまだ実用向きではないかとおもう。

時の経つのを忘れ、又新しい間取りを考える。

一　トースト
二　牛乳

一　チキンライス
二　ホーレン草ひたし

●チキンライスの具は、茨木が好んで使った鶏肉と玉葱。ケチャップで炒めてグリーンピースを散らす。ほうれん草は、塩を入れたお湯で茹でる。日記の発信欄に朝食、受信欄に夕食のメニューが書かれている

栗ぜんざい

栗ぜんざい（寿美子さんより）

栗　七合五しゃく ｝ 7・3の割
もち米　三合 ｝ 別々にひたし一晩

もち米を下にその上に栗

40分間蒸す
水を打つ　かきまぜる
10分間ほどおく
また水を打つ（合計3回）

●「四十分間蒸す」とあるが、栗ともち米を炊飯器で炊いてもできる。炊き上がりを軽く混ぜ合わせ、お椀に盛って、こしあんを添える

粟ぜんざい（まなみさんより）

粟　七合五しゃく
もち米　三合

7・3の割
別々にひたし
一晩

もち米を下に、その上に粟
40分間蒸す、
水をおって、かきまぜる
10分間ほどおく、
また水をおって、（合計3回）

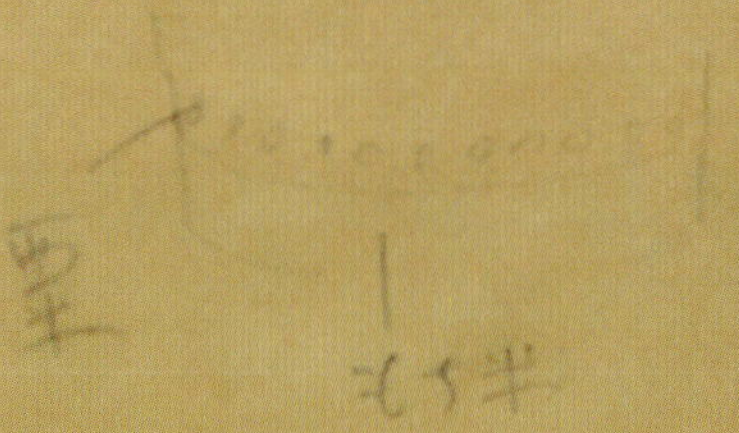

コンビーフサラダ、納豆、わかめ汁

1955年　昭和三十年
三月十四日　月曜　晴

寒気がする。
早く寝てしまう。

一　お茶漬
二　半熟卵

一　コンビーフ
　　サラダ（玉葱入）
二　納豆
三　わかめ汁

●みじん切りにして水に晒した玉葱をコンビーフと混ぜる。玉葱の歯ごたえとコンビーフが合わさり、さっぱりいただける

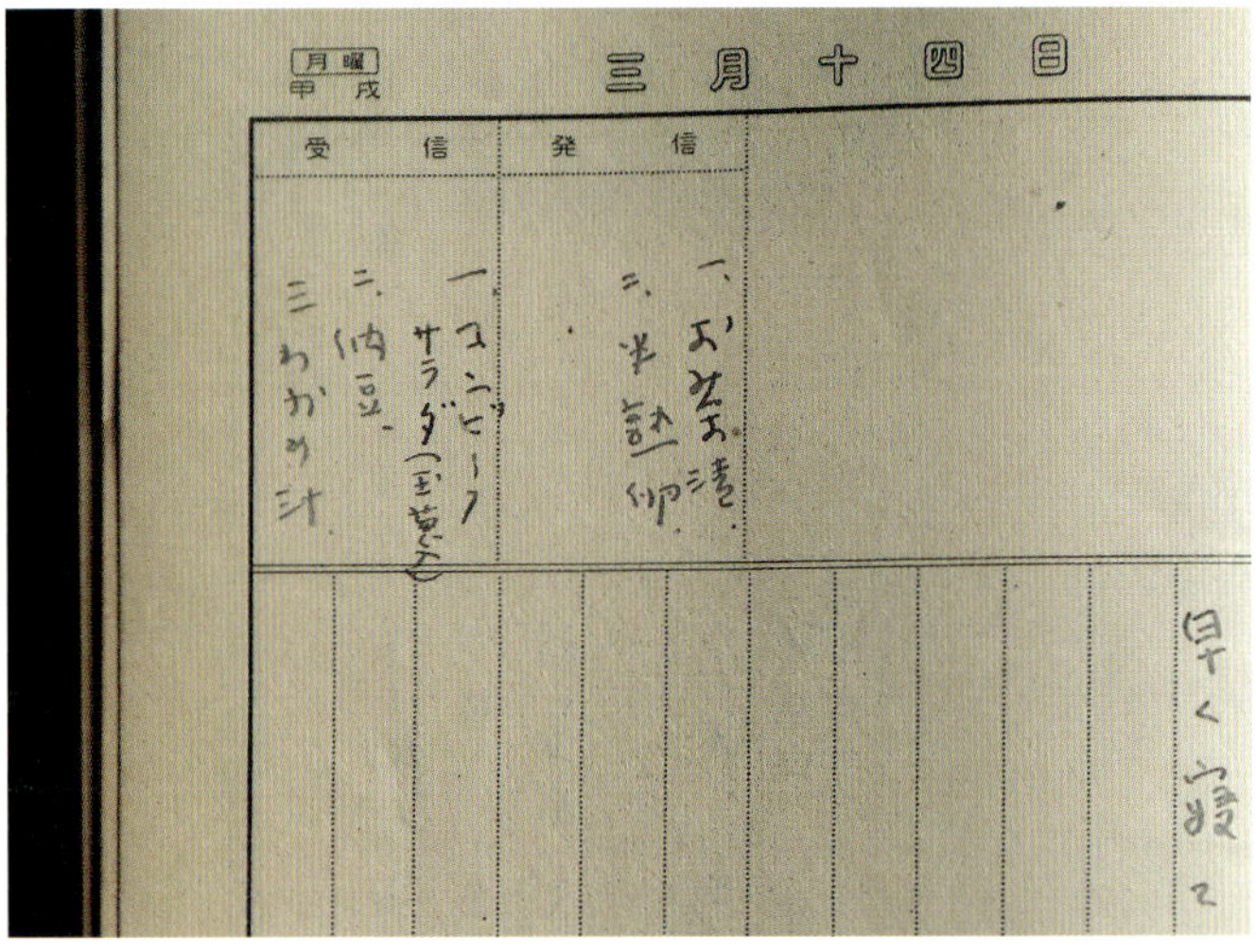

やきとり

1956年、松坂屋の日記帳。あざやかなクロス貼り、非売品

1956年　昭和三十一年

一月九日　月曜　晴

朝、零下に下る。

松永伍一詩集〝草の城壁〟を読む。

谷川雁の影響顕著だが、すぐれたものだと思う。地方にすむ人が、こうした生活を詩の素材とすることは大さんせい。藁ぶき屋根の下で、モダニズムの詩や観念詩をかくのよりずっと健康だと思う。外に戎栄一詩集「遠い地平」をもらう。広島の人、燿の読者であるらしい。

Yは森永の招待で、国技館に春場所大相撲をみにゆく。帰宅八時、夜、お相撲の実演をしてみせてくれる。サンドイッチ、やきとり、などのごちそうを二人で食べる。

一月十五日　日曜　晴

一日、休養日。

Y、床屋にゆく。

夜、やき鳥をつくってたべる。やき鳥のエキスパートになれそうである。

鶴岡の父上に手紙をかき、Yに検閲してもらって出す。

●鶏のもも肉を一口大にカットし串に刺し、塩をしてグリル。日記には、たびたび鶏料理が登場する

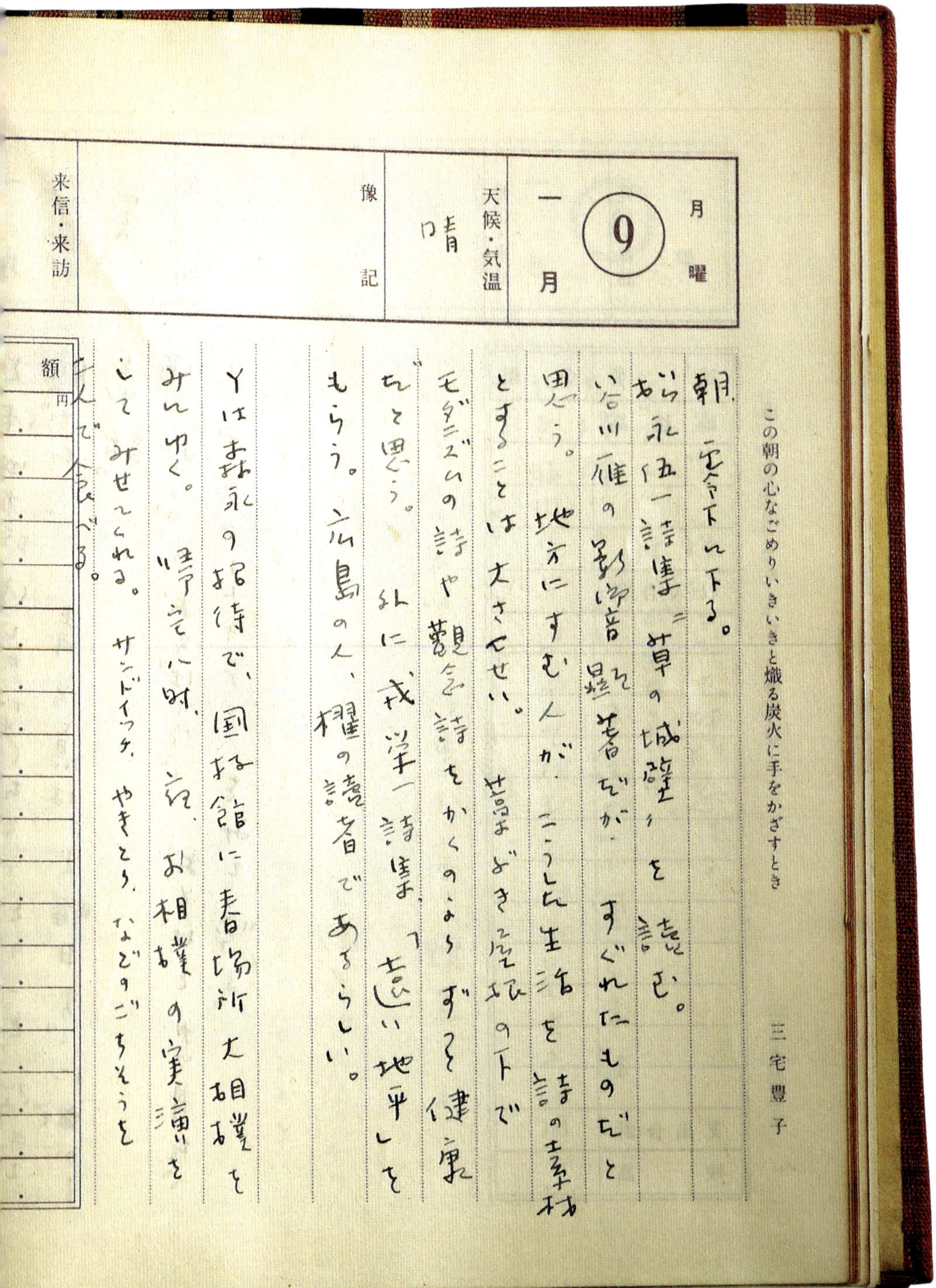

一月 9 月曜

天候・気温　晴

豫記

来信・来訪

額　円

この朝の心なごめりいきいきと熾る炭火に手をかざすとき　三宅豊子

朝、霜下りる。

松永伍一詩集〝草の城壁〟を読む。

谷川雁の影響顕著だが、すぐれたものだと思う。地方にすむ人が、こうした生活を詩の素材とすることは大させい。貧しき屋根の下で

モダニズムの詩や観念詩をかくのならずっと健康だと思う。私に戎栄一詩集〝遠い地平〟をもらう。広島の人、櫂の読者であるらしい。

Yは森永の招待で、国技館に春場所大相撲をみにゆく。帰宅八時。夜、お相撲の実演をしてみせてくれる。サンドイッチ、やきとり、などのごちそうを二人で食べる。

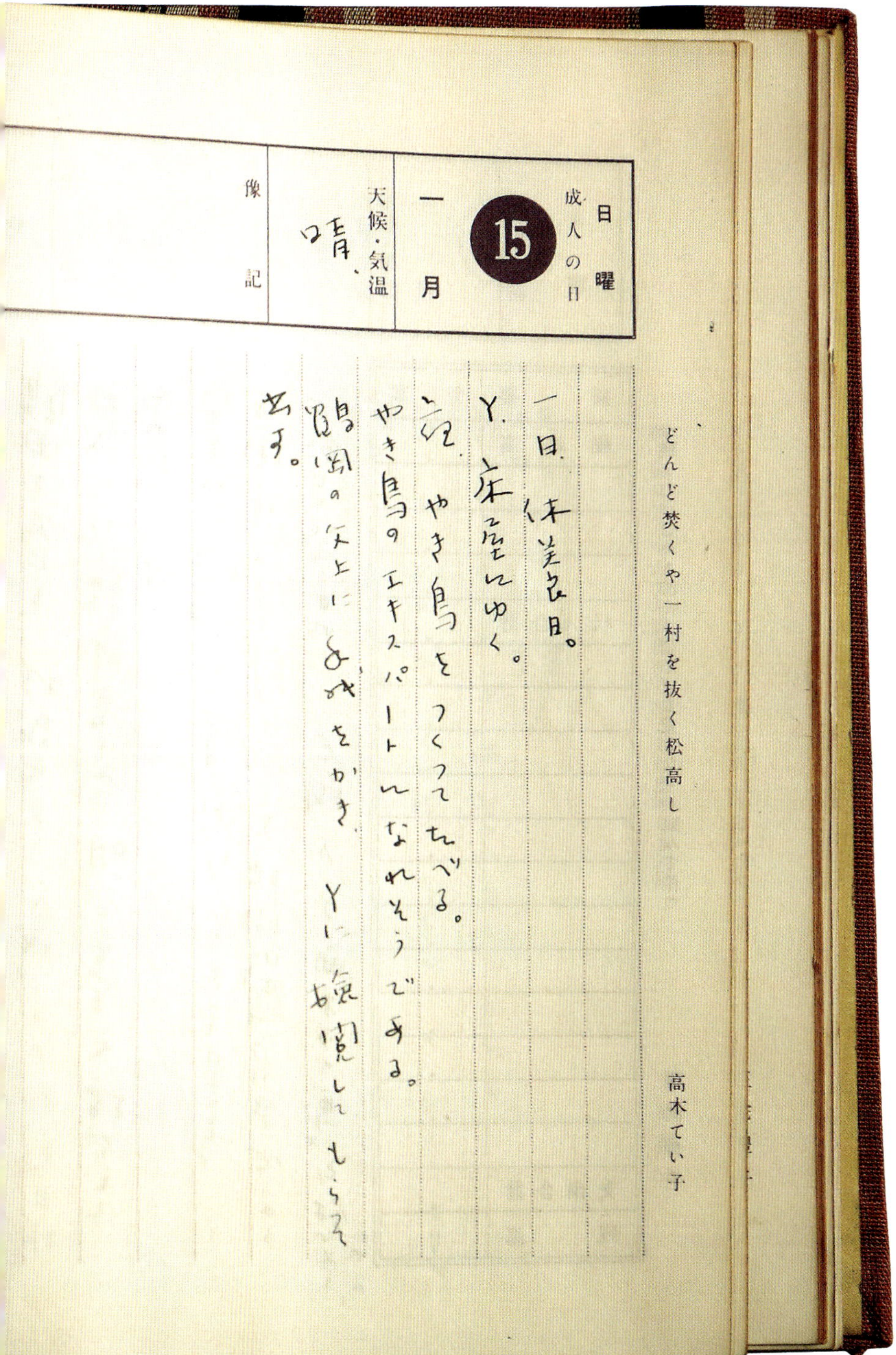

日曜
成人の日
15
一月
天候・気温
晴、
像
記

どんど焚くや一村を抜く松高し　高木てい子

一日休養日。
Y.床屋にゆく。
豆、やき鳥をつくってたべる。
やき鳥のエキスパートになれそうである。
鶴岡の父上に手紙をかき、Yに検閲してもらって
出す。

一九五六年、三十歳、結婚七年目。ほぼ毎日、Yが登場する。万年筆で一字一字しっかりと記している

雑菜《チャプチェ》

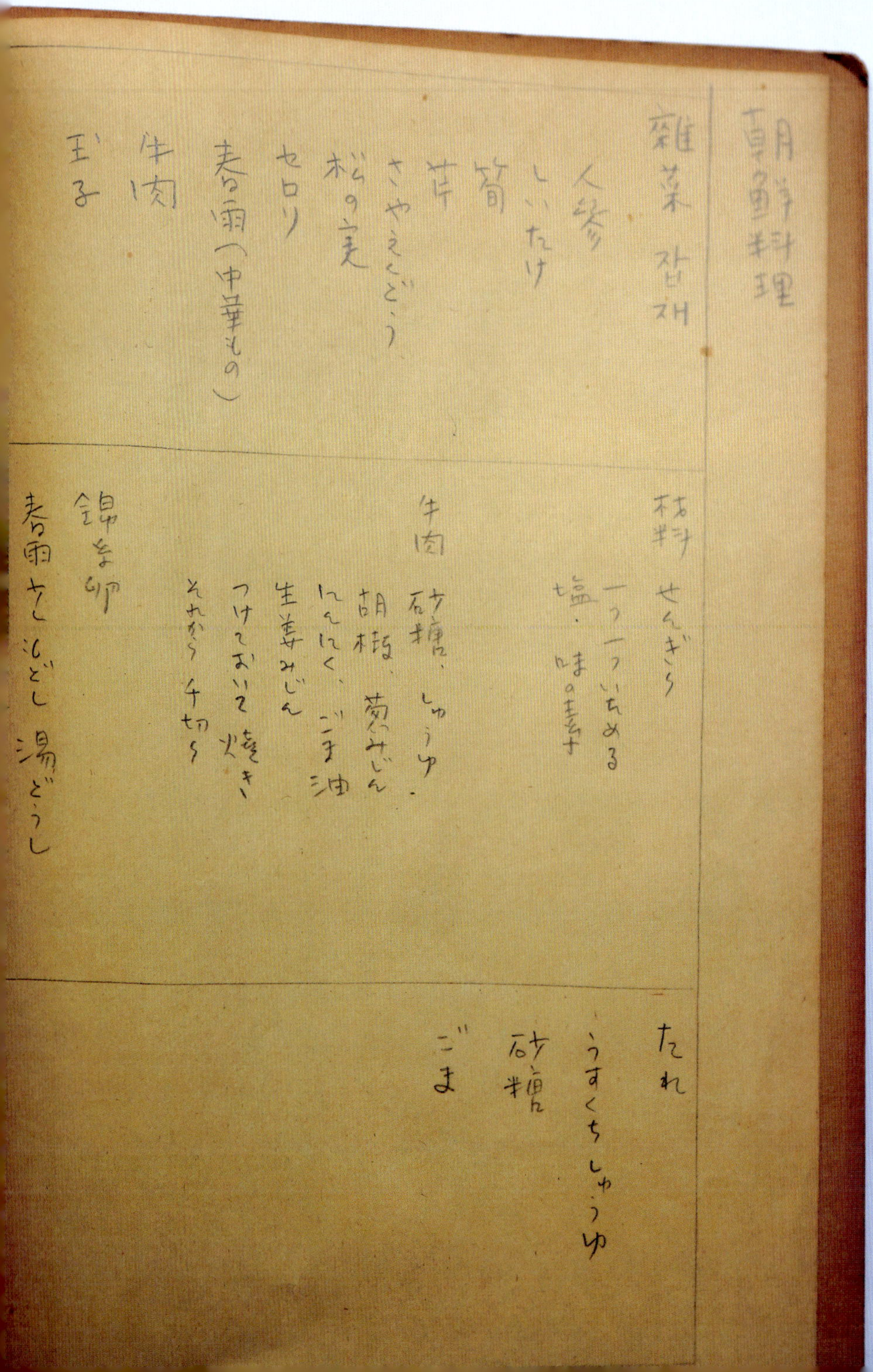
朝鮮料理

雑菜 잡채

人参
しいたけ
筍
芹
さやえんどう
松の実
セロリ
春雨（中華もの）
牛肉
玉子

材料 せんぎり
一つ一ついためる
塩・味の素

牛肉
砂糖、しょうゆ、
胡椒、葱みじん
にんにく、ごま油
生姜みじん
つけておいて焼き、
それから千切り

錦糸卵
春雨むし もどし 湯どうし

たれ
うすくちしょうゆ
砂糖
ごま

雑菜 잡채
人参
しいたけ
筍
芹
さやえんどう
松の実
セロリ
春雨（中華もの）
牛肉
玉子

材料　せんぎり
一つ一ついためる
塩、味の素

牛肉　砂糖、しょうゆ
胡椒、葱みじん
にんにく、ごま油
生姜みじん
つけておいて焼き
それから千切り

錦糸卵
春雨少しもどし湯どうし

たれ
うすくちしょうゆ
砂糖
ごま

●春雨は、韓国のものではなく、中国の緑豆春雨を使用。下味を付けた牛肉が美味。薄口醬油、砂糖でしっかり味付けする

たこ コリアン風、浦項《ボハン》 かれい細切り、ナムル（3種）

たこ　コリアン風（道場）
○コチュジャン、ごま油、たこにまぶす
○火を通す
○しょうが汁　ふりかける
○あさつき　ちらす

＊

물회（浦項《ボハン》）　かれい細切り
○梨千切り（大根で代用可）
○チシャの葉、下に
○さしみと梨を一緒に入れる
○고추장　大さじ一をのせる
○黒砂糖　少々ふりかける
○もみのり
○青唐辛子　細切り
○ゴマ、ねぎ、ニンニクのみじん切り、おろし生姜、ごま油全部まぜ合せ
○夏は氷をのせる

＊

ナムル
ごま油　小さじ一
塩　少々
おろしにんにく　少々
いりごま　小さじ1／2

一、ほうれん草　茹でて硬くしぼり合える
二、もやし　水から茹でる15分—20分
水切り熱いうちに和える
三、ぜんまい　煮ふくめ
しょう油　小2
砂（糖）　少々
고추장　おろしにんにく

●たこにコチュジャンとごま油で下味を付ける。かれいの細切りもあらかじめコチュジャンとゴごま油で下味を付け、他の材料を合わせていったほうが美味しい

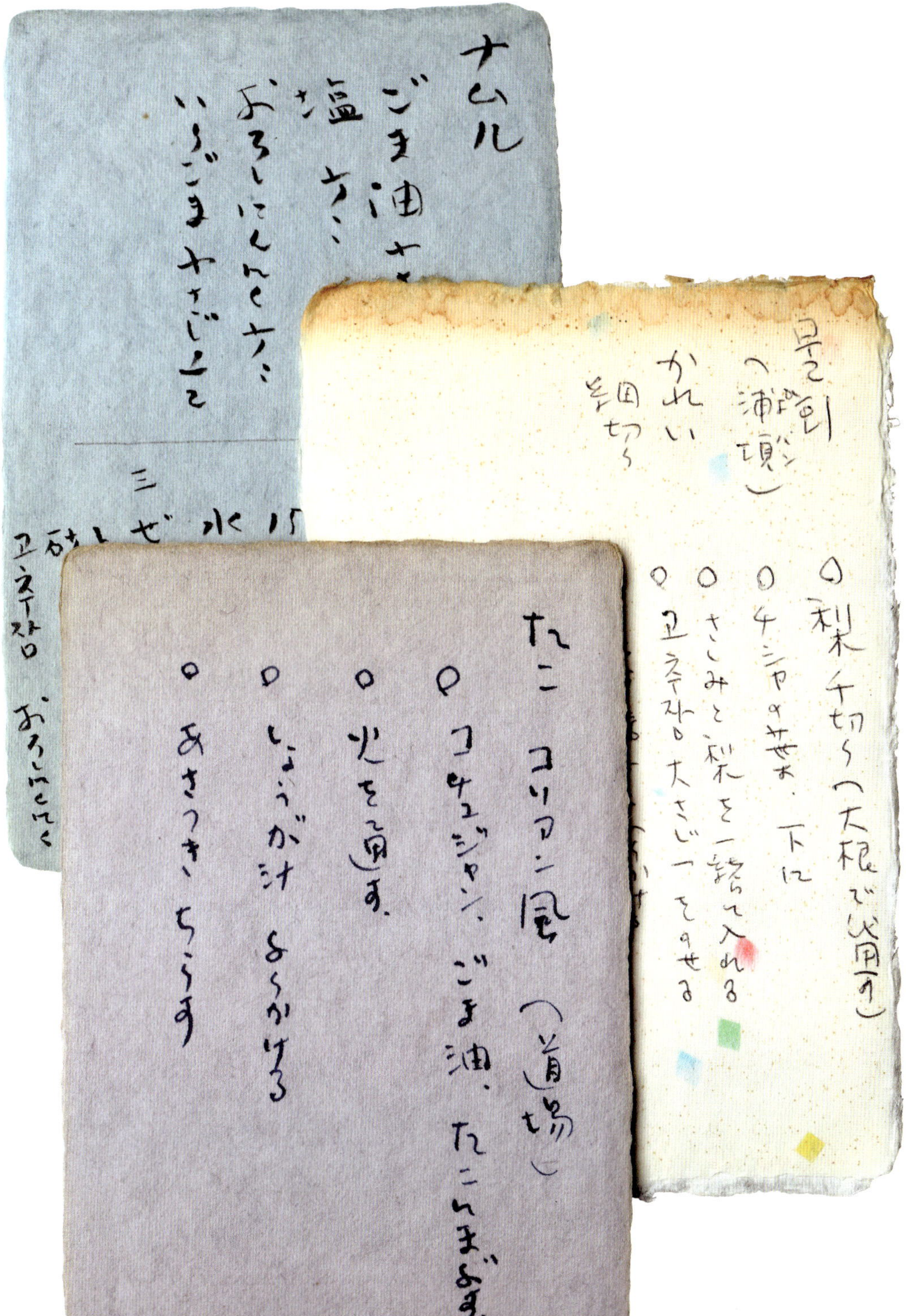
ナムル
ごま油
塩
おろしにんにく
いりごま
星刺（浦項パン）
かれい
細切り
○梨 千切り（大根で代用可）
○チシャの葉 下に
○さしみと梨を一緒に入れる
○コチュ장大さじ一をのせる
たこ コリアン風（道場）
○コチュジャン、ごま油、たこにまぶす
○火を通す
○しょうが汁 ふりかける
○あさつき ちらす
おろしにんにく

チーズケーキ

チーズケーキ（衿子さんより）

材料

クリームチーズ　200g

生クリーム　1／2カップ

小麦粉　大さじ4杯

玉子　三個

砂糖　1／2カップ

バニラエッセンス　二、三滴

作りかた

一、クリームチーズに砂糖入れてこねる

二、卵の黄味だけ三ケ（白みとる）

三、生クリーム、バニラ二、三滴入れる。

四、小麦粉をふるいに入れてふってまぜる

五、白み泡だてる（先がおじぎするくらい）

六、器にサラダオイル塗り、入れる。

七、オーブン一八〇度にする（上下の火）

八、上に焼きいろついたらアルミはくのせる。

（ほどほどのところで火を消し、余熱にて）

●衿子さんとは、親しかった詩人の岸田衿子のこと。昨今、ベイクドチーズケーキにはレモンの酸味を効かせることが多いが、レシピにはレモンはなし。優しい味である

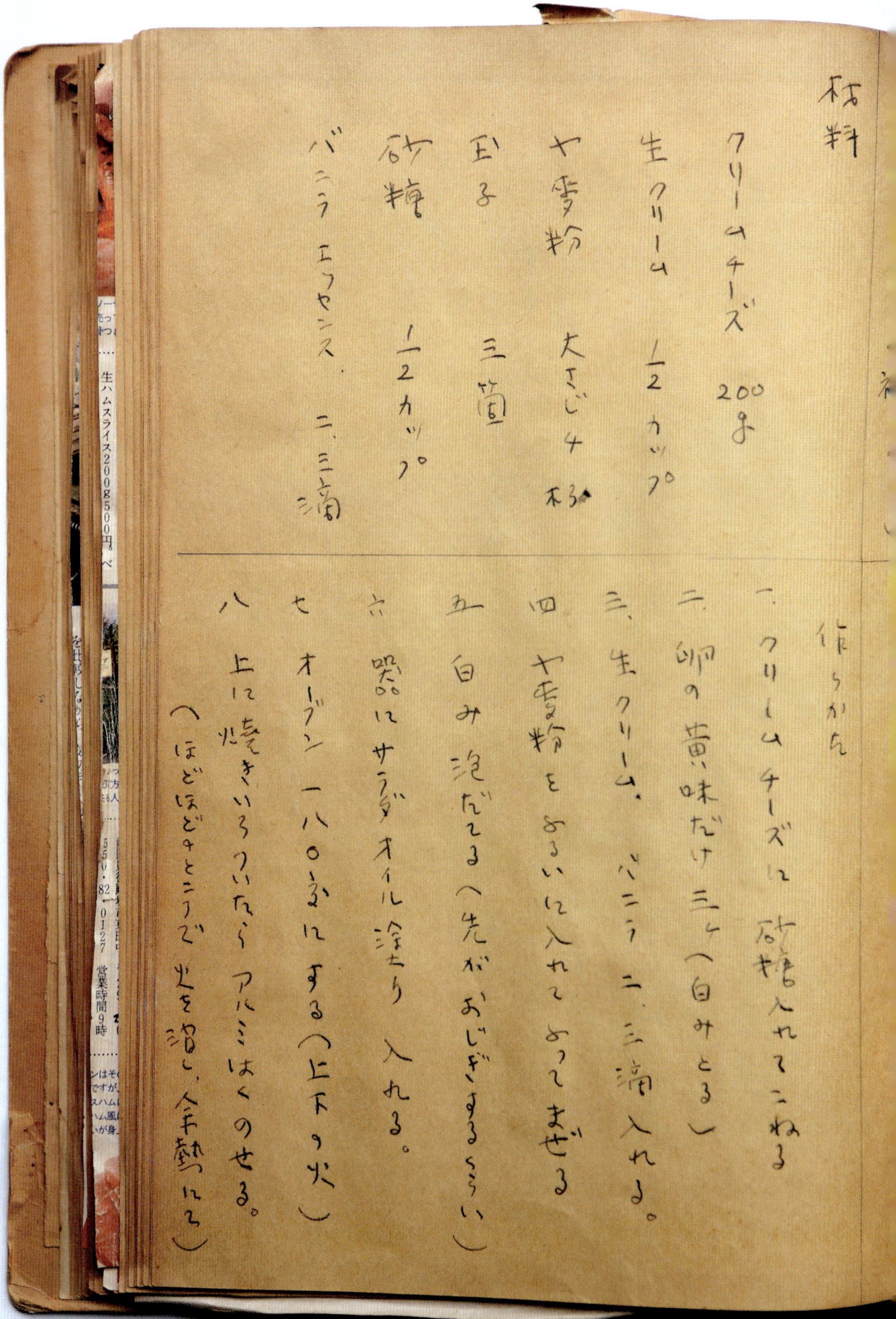

材料

クリームチーズ 200g

生クリーム 1/2カップ

小麦粉 大さじ4杯

玉子 三箇

砂糖 1/2カップ

バニラエッセンス 二、三滴

作りかた

一、クリームチーズに砂糖入れてこねる

二、卵の黄味だけ三ヶ(白みとる)

三、生クリーム。バニラ二、三滴入れる。

四、小麦粉をふるいに入れてふってまぜる

五、白み泡だてる(先がおじぎするくらい)

六、器にサラダオイル塗り入れる。

七、オーブン一八〇°にする(上下の火)

八、上に焼きいろついたらアルミはくのせる。

(ほどほどとこで火を消し、余熱にて)

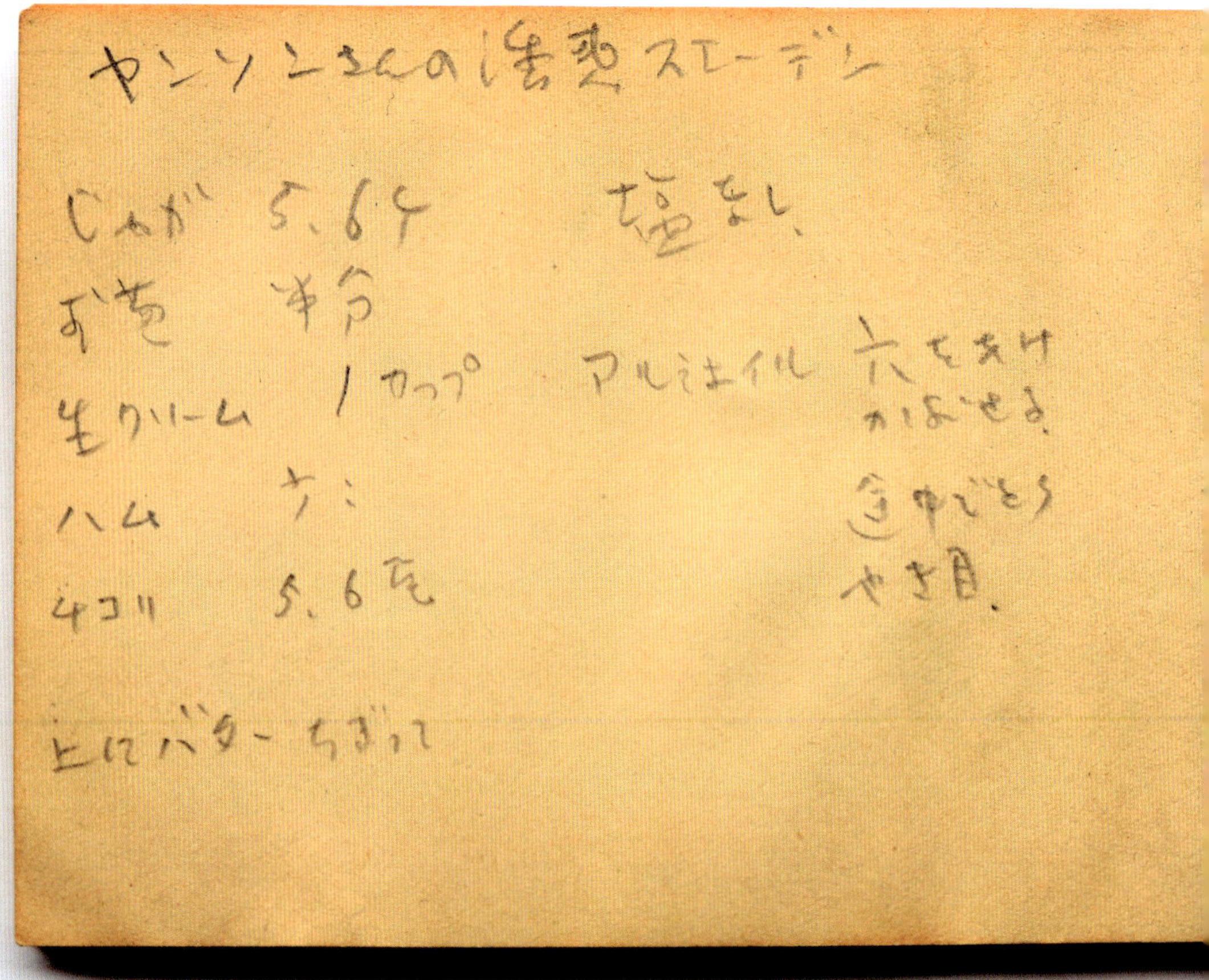

ヤンソンさんの誘惑

ヤンソンさんの誘惑
スエーデン

じゃが　5、6ケ
玉葱　半分
生クリーム　1カップ
ハム　少々
チコリ　5、6枚

上にバターちぎって

塩なし

アルミホイル　穴をあけ
　　　　　　　かぶせる
　　　　　　　途中でとり
　　　　　　　やき目

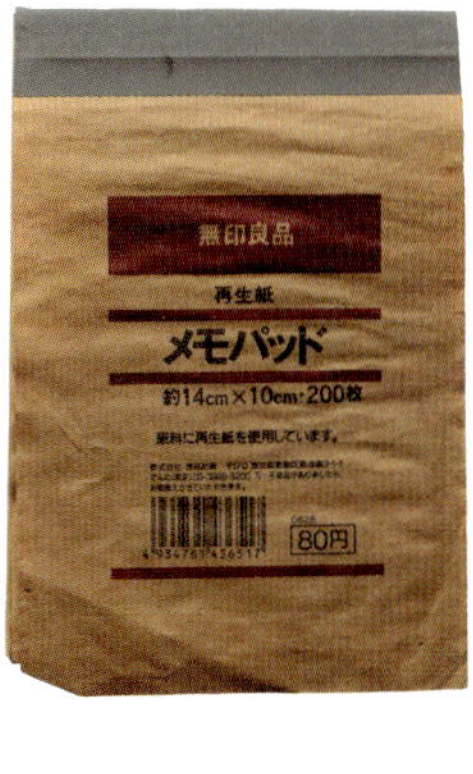

●本来、アンチョビで塩味を付けるが、ハムの塩味をアンチョビの代用にしたと思われる。メモパッドには、電話のメモや、テレビを見ながら書き留めたレシピなどがみられる。四人分

茹で豚

茹で豚

ロース　かたまり

葱と生姜で30分茹でる。

さます。

つけだれ

고추장

酢

しょうゆ

ごま

●ロースの塊肉を煮崩れないようタコ糸でしっかり巻き、三十分茹で、冷ましてから切る。コチュジャン、酢、醤油を合わせたつけだれが美味

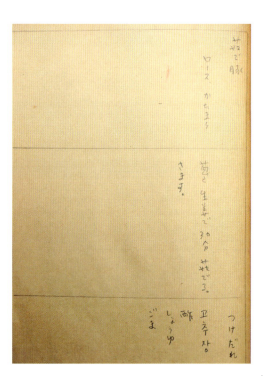

茹で豚

ロース、かたまり

葱と生姜で30分茹でる。

さます。

つけだれ

고추장

酢

しょうゆ

ごま

胡麻豆腐

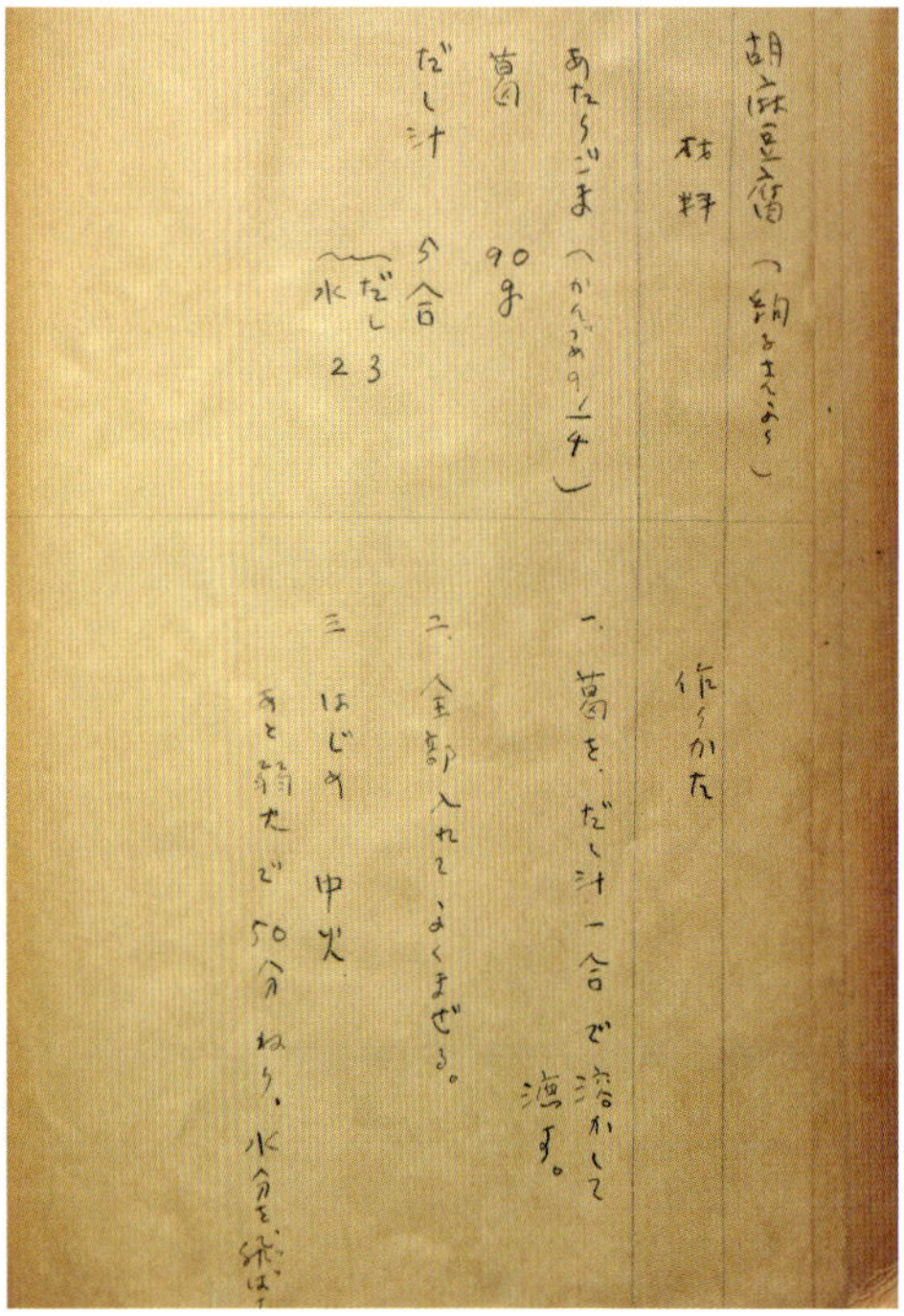
胡麻豆腐（絢子さんより）

材料

あたりごま（かんづめの1/4）

葛　90g

だし汁　5合　〰 だし 3 / 水 2

作りかた

一、葛を、だし汁一合で溶かして漉す。

二、全部入れてよくまぜる。

三、はじめ中火
あと弱火で50分ねり、水分を飛ば

胡麻豆腐（絢子さんより）

材料

あたりごま（かんづめの1／4）

葛　90g

だし汁　5合　（だし 3／水 2）

作りかた

一、葛を、だし汁一合で溶かして漉す。

二、全部入れてよくまぜる。

三、はじめ中火
あと弱火で50分ねり、水分を飛ばす。

●あたりごまとはどろりとした練りごまのこと。出汁で溶いた葛にあたりごまを混ぜて火にかけ、焦げないように根気強く練っていく。最後は型で冷やす。絢子さんは弟・宮崎英一夫人。二人分

つけ汁

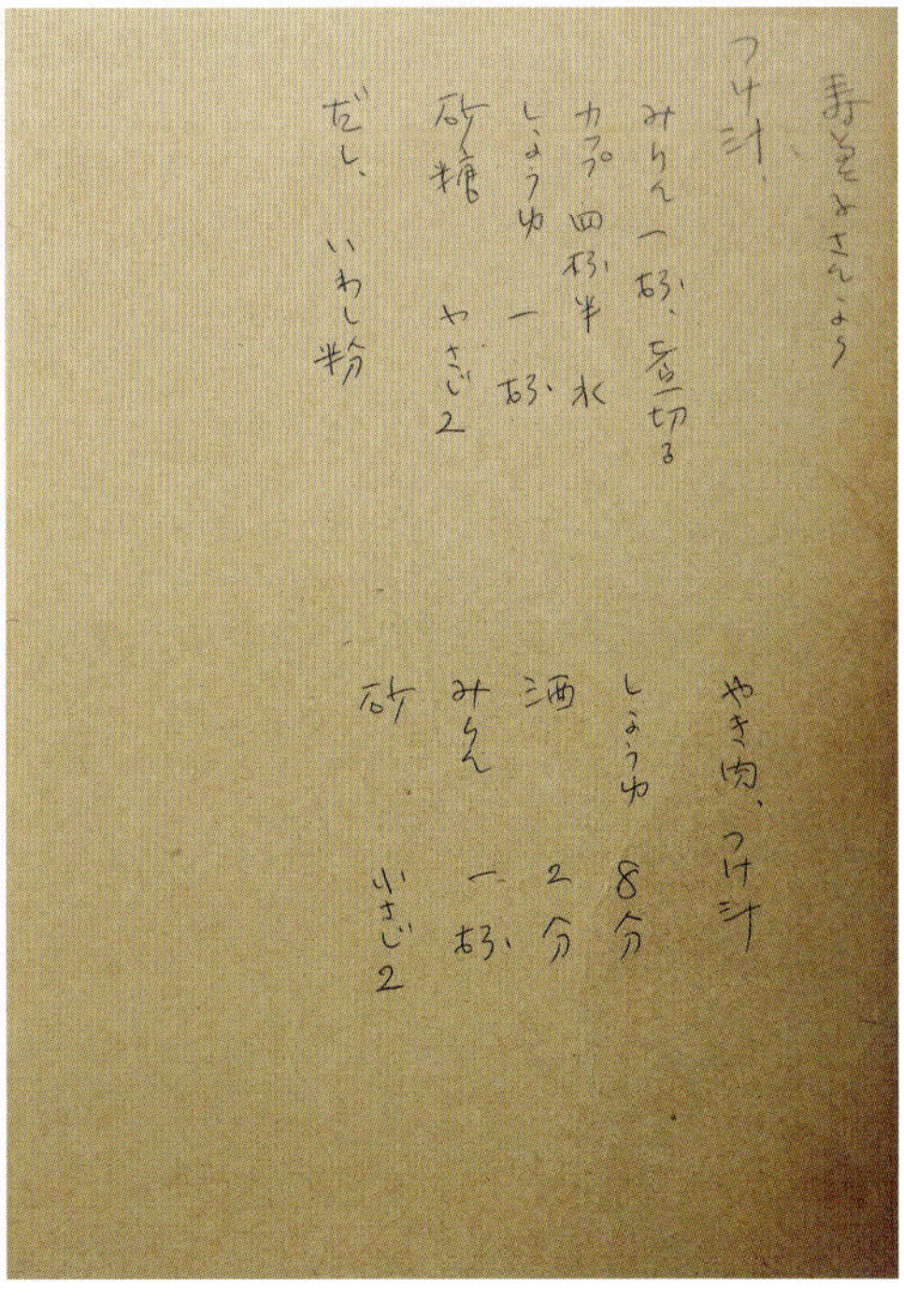
寿美子さんより
つけ汁、
みりん一杯、煮切る
カップ四杯半　水
しょうゆ　一杯
砂糖　小さじ2
だし、いわし粉

やき肉、つけ汁
しょうゆ　8分
酒　2分
みりん　一杯
砂　小さじ2

寿美子さんより

つけ汁

みりん　一杯、煮切る
カップ四杯半　水
しょうゆ　一杯
砂糖　小さじ2
だし、いわし粉

やき肉、つけ汁

しょうゆ　8分
酒　2分
みりん　一杯
砂（糖）　小さじ2

●一杯とあるのは、1カップとした。8分とは、1カップの8割。いわし粉の入ったつけ汁（左）は麺つゆのよう。焼肉つけ汁は、焼肉店の甘めの付けダレの味

パエリア

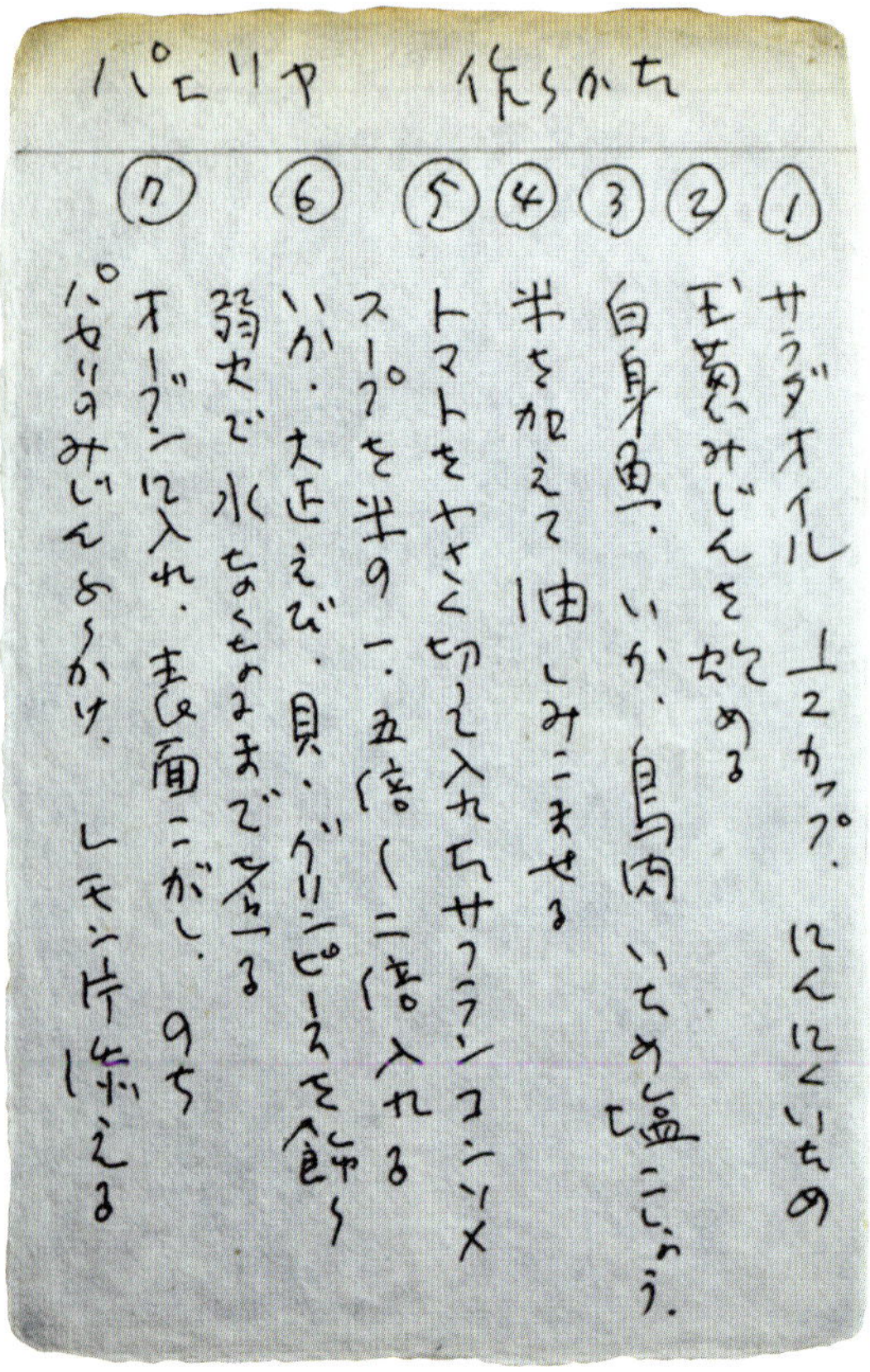
パエリヤ　作りかた
① サラダオイル 1/2カップ、にんにくいため
② 玉葱みじんを炒める
③ 白身魚、いか、鳥肉 いため塩こしょう
④ 米を加えて油しみこませる
⑤ トマトを小さく切って入れたサフランコンソメスープを米の一、五倍～二倍入れる
⑥ いか、大正えび、貝、グリンピースを飾り弱火で水なくなるまで煮る
⑦ オーブンに入れ、表面こがし。のちパセリのみじんふりかけ、レモン片添える

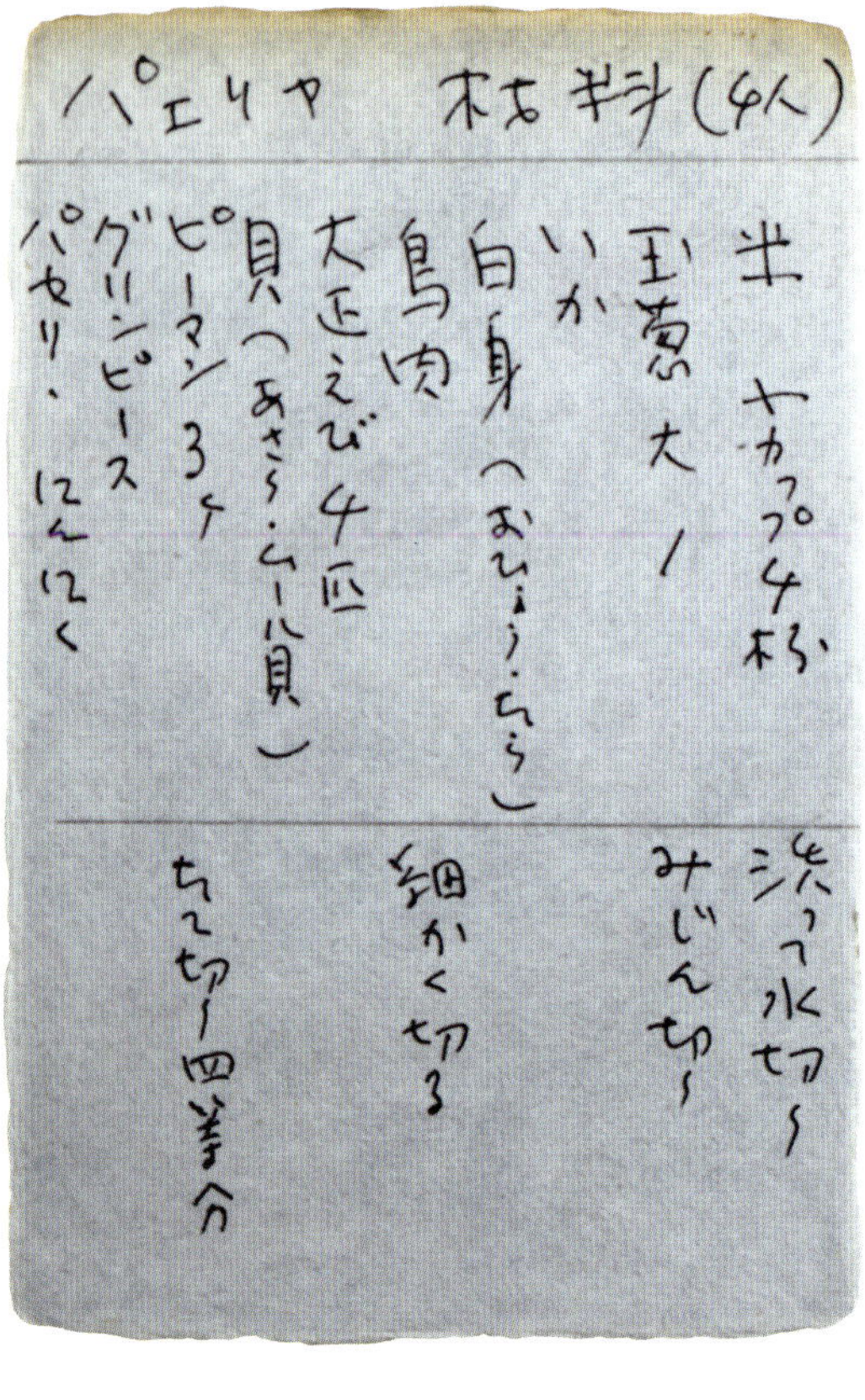
パエリヤ　材料（4人）
米　小カップ4杯　洗って水切り
玉葱　大1　みじん切り
いか
白身（おひょう、たら）　細かく切る
鳥肉
大正えび4匹
貝（あさり、ムール貝）
ピーマン3ケ　たて切り四等分
グリンピース
パセリ、にんにく

パエリア

材料（4人）

米　小カップ4杯
　洗って水切り
玉葱　大1　みじん切り
いか
白身（おひょう、たら）
鳥肉　細かく切る
大正えび　4匹
貝（あさり、ムール貝）

ピーマン　3ケ　たて切り四等分
グリンピース
パセリ、にんにく

①サラダオイル　1／2カップ、にんにくいため
②玉葱みじんを炒める
③白身魚、いか、鳥肉いため塩こしょう
④米を加えて油しみこませる
⑤トマトを小さく切って入れたサフランコンソメスープを米の一・五倍〜二倍入れる
⑥いか、大正えび、貝、グリンピースを飾り、弱火で水なくなるまで煮る
⑦オーブンに入れ、表面こがし、のち、パセリのみじんふりかけ、レモン片添える

●オーブンに入るくらいの浅い鉄鍋を用意。ガス台で米を炒め、鶏肉や魚介をたっぷり入れて米や具に火を通す。オーブンでは表面を焦がすだけ

はつらつとして、いつも笑顔を絶やさない。Yと中庭で

食堂のテーブルにコーヒーとシュークリーム。南に向いた窓からのひかり。「静かな　日曜日の朝　食卓に珈琲の匂い流れ……」（『食卓に珈琲の匂い流れ』）

ANCO

居間の造り付けの飾り棚。民芸風な器や人形がならぶ

右ページ：盃各種。夫婦ともに酒はいける口　上：居間でYとともに来客と歓談する。鍋を囲んでの食事のあとだろうか

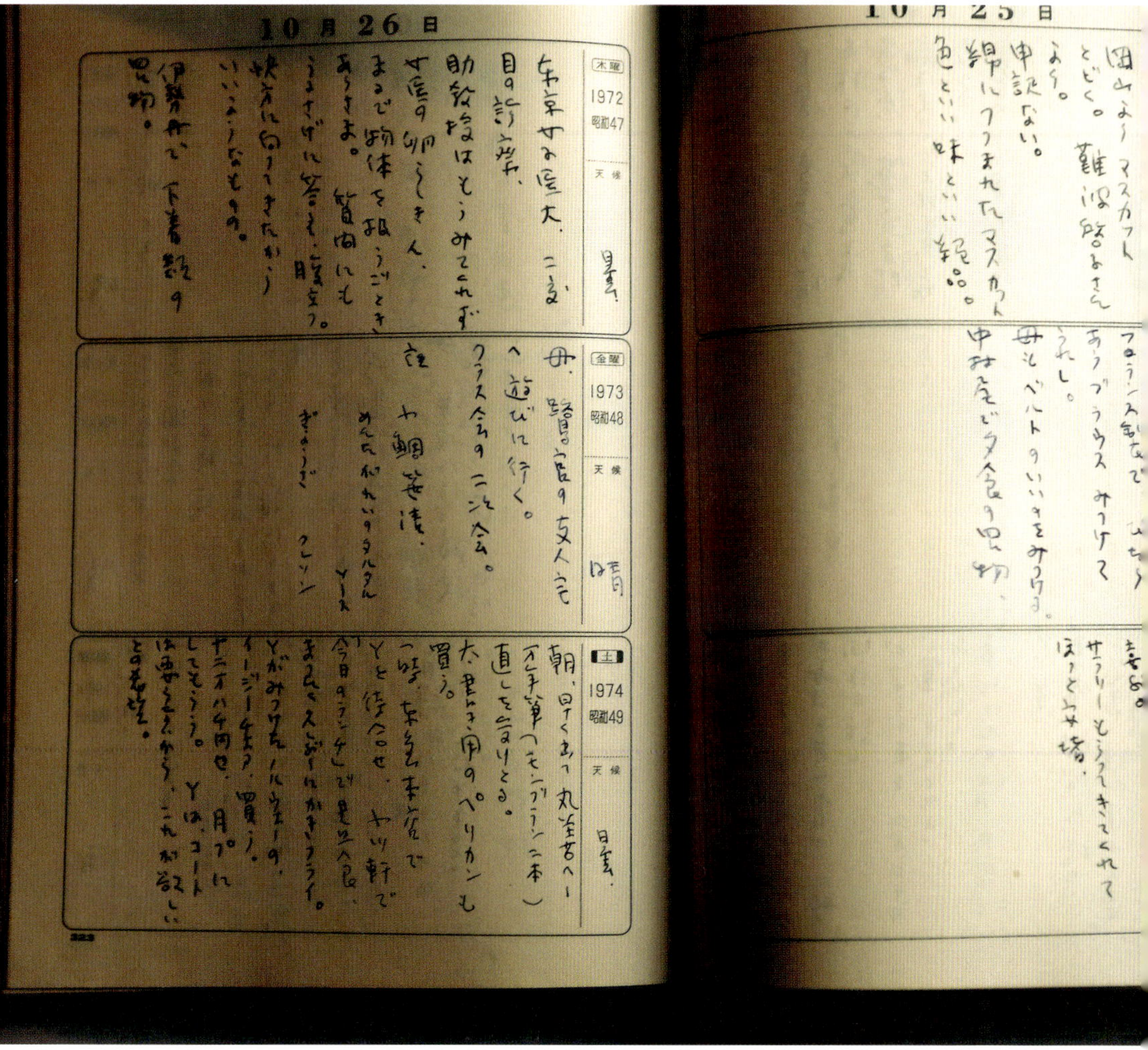

1974年　昭和四十九年
十月二十六日　土曜　曇

朝、早く出て丸善へ—
万年筆（モンブラン二本）直し
を受けとる。
太書き用のペリカンも買う。
一時、東急本店でYと待合せ、
小川軒で「今日のランチ」で昼食、
まったく久しぶりにかきフライ。
Yがみつけたノルウェーのイー
ジーチェア、買う。
十二万八千円也、月プにしても
らう。Yは、コートは要らない
から、これが欲しいとの希望。

上：一九七二〜七四年、博文館三年連
用当用日記

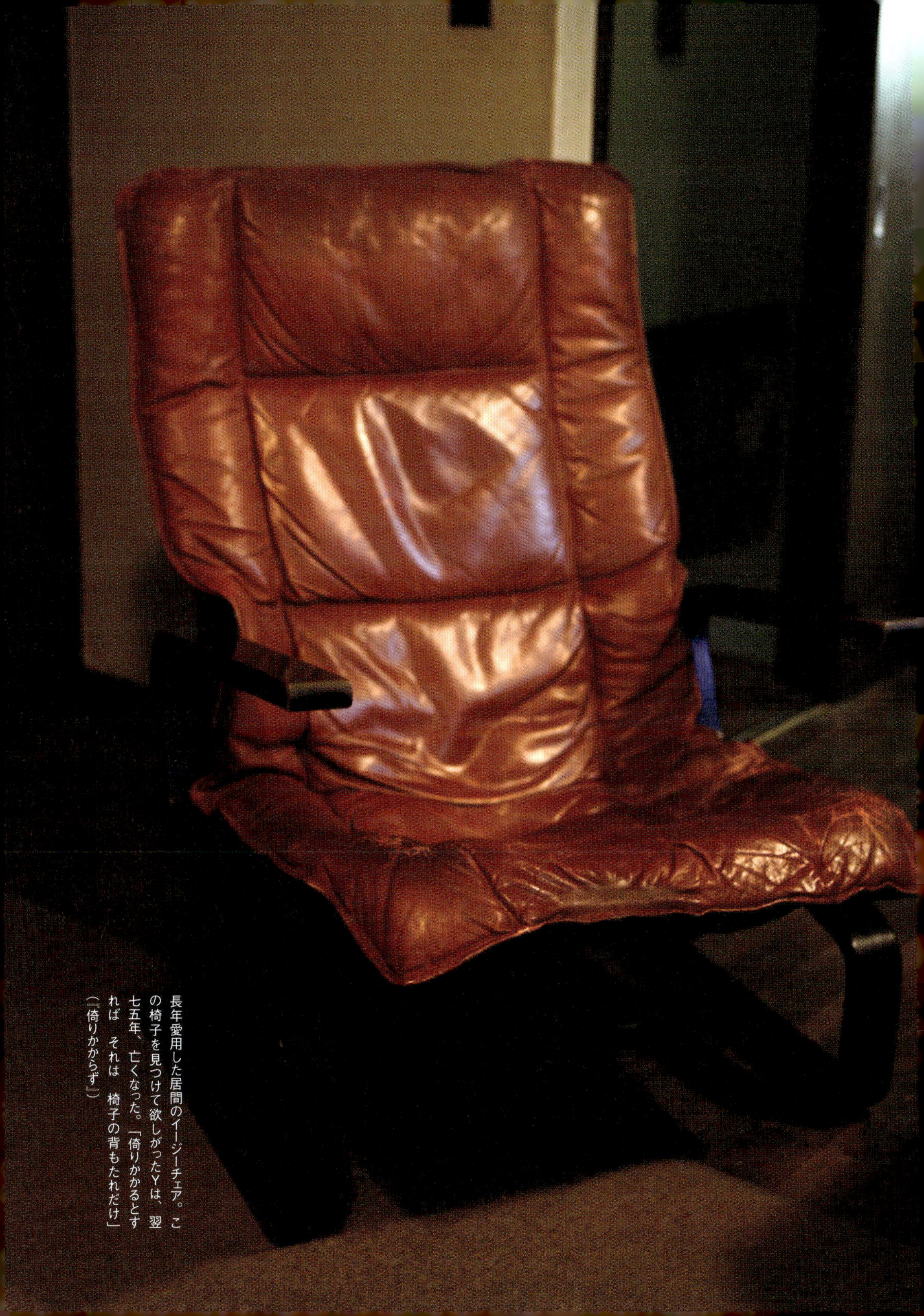

長年愛用した居間のイージーチェア。この椅子を見つけて欲しがったYは、翌七五年、亡くなった。「倚りかかるとすれば　それは　椅子の背もたれだけ」（『倚りかからず』）

東京の伯母さんちの夕食の世界

宮崎 治

新聞や週刊誌、月刊誌といったメディアは、鮮度の高い情報を私たちに向けて発信している。そしてそれらを楽しく読み終えた後は古新聞、古雑誌としてぎゅっと束ねられ、土曜日の朝などに私たちの元からそっといなくなる。

何度となく引っ越しをしたり、年末に大掃除をしたりして、残念ながら自分の手元には古い雑誌の類は残っていない。正しい情報の消費者として妻には評判はいいのだが、ちょっと寂しくもある。住宅事情上やむをえないことだが、もしそれが嫌なら、好きな記事を切り取って大切に保管するしかない。

伯母の書斎の本棚にはスクラップブックが五十冊以上もある。

スクラップブックという存在は、かつて新聞、雑誌などが情報の主役だった時代に、そのエッセンスを切り取り、貼り付け、保管する確固たる役割があった。でもコンピューターとインターネットが普及した現代では、急速に時代遅れの部類に属するものとなった感がある。

伯母は身の回りのさまざまな情報を、はさみでちょきちょきと切り取り、スクラップブックに貼り付け、コレクションしていた。それはどちらかというと詩人・茨木のり子ではなく、主婦・三浦のり子としてのコレクションのほうが多い。スクラップブックの背表紙の一部を紹介すると

「詩①、②、③、④」

「ブックレビュー」

「ごはん・麺」

「料理（暮しの手帖）」

「西武線沿線　その他」

「おしゃれ」

「生活・店」などと続く。


これらを覗いてみると、そこには茨木のり子のフィルターを通して切り取られた一九六〇年代から一九七〇年代の「とある瞬間」が息を潜めて生息している。

スクラップブックの中には自分が好きなものがいくつかある。一つは雑誌「装苑」のシリーズである。伯母は一九六四年八月号から一九六六年十二月号にかけて「装苑」に写真とコラボレーションした詩を発表していた。当時の最先端のモードで着飾ったモノクロームの美しい女性モデルたちが、伯母の書き下ろした詩と溶け合い独特の世界を展開している。五十年も前の雑誌の切り抜きなのに、今も当時の解放感を保ち続けている。

もうひとつのお気に入りは伯母が集めた料理に関するスクラップである

これまでエッセイやあとがきなどで度々書いてきたが、伯母は料理が得意で、自分が幼い頃から上京すると伯母の家に泊めてもらい、その都度、ご飯をごちそうになった。さらに大学生となって

東京で生活するようになるとその頻度は増した。

伯母は外食も好きで、よくおいしいレストランや料理店に連れて行ってもらったが、伯母には外食で美味しいと感じたものを、家に帰って自分で再現できるという特技があった、食事中「この料理には何の食材が入っているか当ててごらん」とよく質問され、私が「うーん、鶏とトマトとにんにく、かな?」などと答えると、たいていは「えぇそれだけ? もっと色々入ってるわよ。〇〇とか、××とか・・ソースのベースは△△ねぇ」などと解説してくれた。また料理をテーブルに運んできたウエイターやウエイトレスをつかまえて「これはどうやって作るの?」と尋ね、彼らを困惑させたりもした。

そんな伯母の作る料理である。美味しいに決まっているのである。

伯母はエッセイのなかで、伯父に「お前のは料理屋風に盛りつけすぎる。もっと家庭料理風に出せ……」とよく言われたという贅沢なエピソードを書き残している
そんな伯母夫婦の食卓を想像させるような写真がスクラップブックにはたくさん貼られている。色褪せてノスタルジックで、LEDではなく黄色っぽい白熱灯の下で子供時代に味わった東京の伯母さんちの夕食の世界である。

この本には、詩も料理も、そして世界も元気だったあの時代の空気が満ちており、頁をめくるたびに、湯気の立つ出来立ての献立やテーブルクロスの模様などを懐かしく思い出す。そしてその料理を運ぶエプロン姿の伯母とふたたび会話ができる。


(みやざき　おさむ　医師・甥)

茨木のり子の日記抄

茨木のり子の日記原文から、料理・食べものに関する記述のあるページを、編集部によって選んだ。掲載にあたり、以下の点に留意した。
●旧字は新字に改め、仮名づかいは原則として原文の表記にした。●明らかな誤字は訂正した。
●年月日の表記は統一した。●読みやすさを考え、適宜、句読点をふり、改行した。
●判読不明の文字は□で示した。
●一部、現在では使わない表記もあるが、当時の事情を考慮し、原文のままとした。
●三年連用日記で記述のない日は、そのまま空白にした。

●1949年　昭和二十四年（大学ノート）

十一月二十七日
朝食兼昼食のパンを食べて、彼は日曜日だけど、一寸病院まで行き、患者さんに御祝ひを頂いたお礼に花を買つていくといふので、私も一緒について出たら途中で英一にばつたり会ふ。
親和力のはなしなどして帰る。芝居のはなしばかり。夜、徳次郎氏、けん三氏を招き、すき焼の御馳走。お酒四合、気持ちよく帰られてうれし。

十二月六日
母の命日。仏さまくさくなくしてモダーンな晩餐を写真をかざつて食べる。

ハンバークステーキにサラダ、卵、みかんの附け合せ、スープ、デザートに印度りんご。

夜、新哉氏夫妻に手紙をかく。彼の手紙、みせてもらふ。日がたつにつれて、その良さがあふれてくるやうな人だ……私の方がずつと悪いやつに思はれてくる。

夕刊に友右衛門の我が妻を語るが出てゐておかしかつた。こんな近代的な感覚をもつた人が若手歌舞伎の中にゐることは、頼もしいといふより悲壮な気がしてならない。

十二月十日　土曜日　見舞
彼、平塚へいく。玉子のおみやげ（見舞）を持つていつてもらふ。私は藤さんの所へ。

帰り、新宿をまはつて買物をして帰る。

矢車草五本二十五円也。ふるひつきたいほどの甘い色、大好きな花。

留守中、福《ママ》院長の奥さんみえて、お盆のお祝ひ頂く。実に良きお盆なり、平生使用出来ず。

三日間、ケーキを用意して待つてゐた時はみえず、皮肉。

みかちゃん、沢山の世帯道具下さる。

●1950年　昭和二十五年（大学ノート）

十二月二十一日
障子はりかえる。如何にもまずくてがつかりする。手しびれるほどつめたかつた。

ジャムパンのおひるをポリポリたべて勉強しなければならぬといふ思ひだけで、終日ぼんやりすごしてしまふ。

自分を責めたてる声のみ強い。

さんまと湯豆腐とホーレン草のおひたし。

ディオニソスよ、みすてたまふな。

十二月二十三日
私の大半の時間は雑用だ。
薪をポンポン割つて、煮て、きざんで、鍋を洗つて、床をふいて、寝まき、くつした、を洗濯して、炬燵に火を入れて、ゆつくりするとねむくなつてしまふ。
それを分析してみると、結局は、台所、下水の設備がわるいこと。そのために、毎日々々不愉快なおもひをさせられること。そのためにお料理すらがいやになることである。

●1951年　昭和二十六年（大学ノート、前年の続き）

三月三日
三越から送つてきた小さい紙びなを飾り、菜の花を、こんもりとさし、家中の小さい人形を、ラジオの上に並べ、お寿司をつくつてさゝやかに祝ふ。

お寿司三本、阿部さんの家へ持って行つてあげる。よろこばれた。

阿部さんの家は、何の道具もなく、すゝけはて、暗い電燈がともつていた。

主人をなくし、五人の子供を抱へての奥さんの苦闘をおもふと暗たんたり。

「日本の女は男なしに生活することを生れた時から教へられて来ない」といふ感想を、宮本百合子が、「この果てに君ある如く」の読後感としてかいているが、いま読んでゐるア・コロンタイ女史の「婦人労働革命」とおもひあはせて興味ぶかい。

彼しみじみおひなさまを眺めてゐた。

つゝましい幸福。

若い私たちのいまの良さを、失はずにゆきたいとおもふ。

新潟時代のはなしをきく。

三月四日
お客様いまだ去らぬに、あばれてしまふ。
十一時頃、朝、昼兼用食事。
あたゝかい陽ざしを浴びてミカン箱をやいて、本箱をつくる。
二人とも真黒になり、二時半、銭湯へ出かける。
街を揃って歩くのは何となく照れる。
これも古い感覚なりといましめて、堂々と歩く。
男物羽織紐一五〇円也、かみそり刷毛四〇円、ブラシ六〇円也、買物して帰る。
いゝ日曜日だつた。
自分で作つたものは、こんなにもほのぼのとたのしいものか。

本居宣長の書棚の如き趣きあり。

夜、かつどん。お汁粉に、あらひざらひお砂糖を入れ、今日の超過労働に報ゆ。

●1952年　昭和二十七年（大学ノート）

五月二十四日
久しぶりに新宿へ出て、三時、彼と待合せ、ぶらつく。カーテンの布買う。

紀伊國屋喫茶店でコ、ア飲み、「戦国無頼」みる。段四郎と志村喬良し。

風景のさつえい、鋭い。康楽で晩御飯。

九時頃帰宅したら英一が来ていて、五時頃から待つた由。雨戸こじあけて入り、寝ていた。

お父さんの血圧高いことについて話合う。

心配していて可哀相。

七月二十日
再度浅草のかつら屋へ。

とてもうまく出来ていて感心する。

パーマもかけてもらひ、殆どわからない。

浅草のかんのんさまにも拝み、仲見世通つて、すぐ地下鉄で三越へ。

食堂で、マカロニグラタン、ハンバークステーキ、ソフトアイスクリームをたべ、暮しの手帖展をみる。

驚くべき才智なり。

いい運動だとおもう。

すぐまねたくなるもの多く、去りがたかつた。

花森安治にも会う。すさまじき風貌なり。

夕

やさしい月桂樹よ
お前の　葉を一枚おくれ

あたしの貧しい夕餉の土鍋に
ひとひら
―ふつふつとたぎる煮込料理に―

高貴な匂ひは　ふと　アツテイカ風に
たゞよひ

一日愚かなことをした
むなしいこゝろは
一瞬
鳥のように　小さく放たれる

ルイ・ジュウベにそつくりな
太古以来の　へべれけな神は何処だ!!!

蘇枋いろの空に
悲鳴に似た声が残り
潮のような暮色が
ゆきくれた音波を
ゆつくりひたしはじめる

●1955年　昭和三十年（博文館当用日記）

一月七日　金曜　晴

お母さんと二人、名古屋行き。

今日は街もしづかでデパートも静か。二千二百円で、黒いプラット靴かつてもらう。お金さえ出せば、何でも新しくてきもちのいゝものが買えるのだ。当りまえのことが何か痛切に胸にくる。ともかくうれしく、すぐはいてしまう。松坂屋の地下で福引。洋服バケあたつてこれもうれしい。前からほしくて買えなかつたものだから。

麗しのサブリナと青い麦、二本立見て八時すぎ吉田へ帰る。

Yより電報、明朝つくと。

一月十日　月曜　晴

朝九時十分、吉田発。

杉山さんと一緒になる。

十時半蒲郡発。

十一時六分、豊橋で急行東京行にのりかえる。超満員。立錐の余地なし。相模の海もみるどころでなく大船まで。横浜のシューマイも、小田原のかまぼこも買えず、所沢着六時半。疲れた。

パタ〳〵くりかえし火を起し、ごはんごしらへして、鶏肉やいて、Yを待つ。七時半頃帰宅。昨夜の急行も混んだ由。

一月十二日　水曜　晴

家の掃除。

十日も家をあけると、家のどの部分も死んだように精気を失う。はいて、ふいて息をふきこんでやると、またいきいきと血脈をとりもどすようだ。

詩学の三月号に原稿たのまれたが、手持ちの作品なく困つた。創作ノートにかきつけてみるがおもわしくない。詩もやはり「根気」であるか。

知里真志保博士を見習わねばならぬ。

一　お餅つけ焼　　一　串カツ残り
二　牛乳　　　　　二　油揚煮付
　　　　　　　　　三　豆腐汁

一月十三日　木曜　晴

一日晴れて、おだやか。

午前洗濯、午後、葉書十通。

櫂十号の発送準備にくれる。

Y、北研ではじめての当直。

夜、織田先生にかりた「住所建築の百科」「櫂」「週刊朝日」を読む。

寒いのに、微妙な春の気配が感じられてうれしく、裸で美容体操して、ふとんにもぐる。

一　お餅つけ焼　　一　支那そば
二　玉子湯

一月十五日　土曜　晴

あさ九時起床。

お雑煮に油揚入れてたべる。

「家」の設計図を方眼紙に入れて書いてしやべつていたら三時間位、たちまちすぎてしまつた。

一 雑煮

一 カキフライ残り
二 鮭粕漬
三 ちやんこ汁
（なると 油揚 ホーレン草）

一月十七日　月曜　晴

朝、洗濯干し終えてポストをみに行つたら、山本安英さんからの葉書がきていた。

〝「埴輪」、あなたの中に積み上げられた薪に美しい火が燃えはじめたような気がしてこの年始めにこのような喜びを頂いたことを心からかんしやしております〟という一節あつて、とてもうれしくなつてしまう。またがんばつて次を書かねばならない。大物にかゝる前は、何か無力感のようなものに襲われる。怠惰とも違う、何かを調整しているような……。

夜、晴れて星が大きい。シリウスと木星がきわだち、すばるとも久しぶり。

一 お雑煮

一 チャーハン
二 豆腐入お雑煮

一月二十三日　日曜　晴

十二時近く、Y、帰宅。

ゆうべ当直で疲れたらしい。

〝油気がきれた〟とおっしゃる。

昼も荒れたりして一寸心配なので夜、レバーなど遠出して買ってくる。

夜、こたつにあたりながら設計をしてみる。台所を大きめに方眼紙にひき、アアでもないこうでもないとたのしむ。〝流し〟の研究を、暮しの手帖と首っぴきで討論。

お風呂休みなのでYの頭をオイル・シャンプーする。

一 いなり寿司　玉子湯

一 豚、甘から煮
二 レバー炒め
三 三葉おひたし

一月二十六日　水曜　雨

朝、雪が積った！　雪が積った！　というひとしちゃんの声で目覚める。

みぞれまじり。午前中降る。

暮しの手帖を買う。アパートの暮し百態、おもしろくみる。

この本は本当にいゝ雑誌。

夜、Y、元気に帰宅。中村やのシュークリームのおみやげ。

二幸の肉もたづさえている。サラリー、二万三千円になったとのこと、とてもうれしくなった。一度に四千円上ったのだから……。

今月こそ赤字出すまいと勢込む。

一 牛乳
二 おもち、つけやき

一 ビフテキ
二 シュークルート
（キャベツ、ソーセージ）
三 たくあん千六本

一月二十七日　木曜　曇

埴輪3をかく。

どうも散文的なふやけた台詞。

絶望的になる。

自分がとてもだらしない人間におもわれてきて哀しい。

ストーブがほしい。もう少し快適な部屋でかきたい。こんなことをおもうだけ、精神のしまってない証拠だろう！
Y、八時すぎ帰宅。コンパがあった由。

一ホット・ドッグ
　ウインナ、ベーコン入

一大根
　こんにゃく
　ふろふき
二もやし汁

二月三日　木曜　晴

埴輪すこしかいて疲れる。

出雲風土記をみたい。

今日は節分。Y、八時すぎ帰宅。おそいごはん食べて、甘納豆三粒を撒く。

小さい声で福は内、鬼は外と言うので、「もっと大きく」と注文つける。

病院の小川辰次先生が住宅公庫で家をたて、その業者がよかったというので紹介してもらうことにする。

一トースト
二みかん
三牛乳

一オムレツ
二やきふ　味噌汁
三ホーレン草ひたし

二月九日　水曜　晴

ソ聯首相のマレンコフ辞任。

ブルガーニン元帥が交替して登場。

いままでの平和政策から強硬政策をとるのではないかとの危グが新聞をにぎわせている。

富士鉄の株、たゞちに六十五円に上る。
Y、風邪少しづゝよくなる。
当直だったので疲れたらしい。

晩ごはんをおいししがり「我が家のめしにまさるものなし」と言う。

一牛乳
二支那そば

一鶏と葱の串あげ
二鱈味噌漬
三ホーレン草ひたし

二月十五日　火曜　晴

わずかな頭痛で、頭冴えず、ぼんやりすごしてしまう。午後少しいゝので、三時すぎ遠くまで買物にゆく。めずらしくかにの足などみつけ、野菜も、近くの八百やよりずっと新鮮だった。夜一寸ゴチソーになってしまった。

安信氏よろこぶ。

北里メディカルニュースという雑誌できてメンバーがそれぞれかいている。写真も出ていておもしろい。北研附属病院の結核病棟は五階だてで写真はじめてみるのでびっくりした。とても壮観である。

一　おじや（豆腐入）
二　牛乳

一　かきフライ、キャベツ
二　かにの足
三　もつ甘から煮
四　京菜ひたし

二月十七日　木曜　晴

平和土地会社から手紙。水道、ガス、下水の工事費に三万六千円程支払わねばならぬらしい。困った……。

今日は風邪ぎみ、疲れて詩劇休む。

英一と好川誠一氏に葉書。

夜、鶏ごはん。Y、おいしがって三皿ほど平げる。どうしても澱粉過剰の食事になるのは困ったもの。蛋白を沢山とれるようにもう少しおカネ欲しい。

土地会社のはなしは明日ゆっくりすることにして十時休む。

一　お茶漬
二　京菜

一　鶏ごはん
二　玉子やき
三　京菜
　　デザート
　　ネーブル　半個づゝ

二月十八日　金曜　曇

「小さな渦巻」という詩一篇できる。（二時間）

ゆうべ玉子焼の玉子をかきまわしていたときふっと浮んだのだ。今日まとめてみると一寸おもしろいものになった。

なぜひとつのモチーフがある時ふいに未熟な、或は熟して落ちんばかりな様子で立現れるのか。

その秘密な操作を詩人自身決して捉えることができないのだ。

大岡さんから葉書、出雲風土記、三島の家になかったとのしらせ、恐縮する。

一　コゝアパン
二　牛乳
三　印度りんご　半個づゝ

二月二十六日　土曜　晴

ひょっこり蒲田の斌氏現れ、びっくりする。気がむいて尋ねたのだといってお砂糖など下さる。律子サンに会いたい。おひる、鰻丼ごちそうする。

午後二時、英一と渋谷で待合せ、三人でピルゼンにゆきビールのみにゆく。

英一卒業試験の終った小コンパ。

男ドモはビール三杯（中ジョッキ）、私は一杯、それにオードブル、セロリ、ウインナソーセージなど入って千二百円だった。Yはサラリー日でがぜん気が悠大となり、スエーデン行きの夢などを語る。久しぶりにゆったりしたきもちになる。英一はドイツへゆきたいと言う、ピルゼン風のビールの影響か。

一　お茶漬

一　ピルゼン（ビール）
二　スイス（ライスカレー）

三月三日　木曜　晴

午前中、詩劇かき、午後お寿司の具を煮る。
おひなさま（三越の紙びな）飾り待てど、殿御は帰らず十一時頃帰宅。
会があったとのこと、お酒をのんでおそくなる。
私、ふきげんでなくにこやかに迎えたので
〝大部進歩したな〟とおっしゃる。
これも進歩の部に入るのかナといとおかし。
英一から手紙なし。吉田の様子気にかゝる。

一　トースト
二　牛乳

一　ちらし
二　蛤うしほ汁

三月十三日　日曜　晴

五、六月のあたゝかさ、
今日一日は馬鹿陽気。

スイトピー、アカシアの花など買ってきて、Yは絵をかく。

ボナール風の美しいもの、紺と、空色と、ピンクがいゝハーモニーを出す。

一　手製パン

一　アメリカ風カツレツ
　　（ケチャップ）
二　青豆
三　わかめ汁

三月二十四日　木曜　雨

幸田文の随筆集を読む。（英一にかりて）父露伴の死の前後のことが書かれていて感動する。娘の教育のしかたには、全面的に賛成しかねるけれど、日常のはたきのかけ方、薪の割り方など、些細でつまらぬ仕事にも、気合を入れてやることを身を以て教えたところなど、私も一ツの啓示を受けた。一瞬々々を完全燃焼できない人間は、一生も又その総計にすぎないのではないだろうか。しかし反面こうも思う。掃除や雑用にエネルギイの一切を賭ける女も日本には、くさる程いて、大切なものをすりへらして意地悪になってゆく女も多すぎると。

幸田文の幼い頃のおもい出話が、とてもたのしく美しく印象に残る。性教育や、しゃぼんのエピソード。

一　トースト
二　牛乳

一　カツ丼
二　うど　マヨネーズかけ

三月二十五日　金曜　雨

今日はサラリー日で、お金一銭もなくなる。ごはんだけ炊いてYを待つ。八時頃帰宅。袋を手にしてやっと救われたおもい。

肉屋、八百屋に走る。

ジンギスカン鍋風に肉を焼いて、からし酢でたべる。

鬼、詩世紀、寄贈された。ほめたいけれどいゝものなし。

家賃、今月より千七百円となる。

一　おにぎり
二　味噌汁（こんにゃく）
三　玉子

一　豚肉　ジンギスカン風
二　りんごサラダ

三月二十八日　月曜　雨
また一日降る
Y、当直
今日はけんやくして豆たべている。
夜、詩をスイコウ（小さな渦巻）。

一　ごはん
二　京菜漬
三　玉子
四　三ツ葉汁

夜、当直ナレバ
ピーナツを以てサパー
となす

三月三十一日　木曜　曇
めずらしく魚屋で鯛みかけ、うか〳〵と買ったが塩やきにしてみるとさほどおいしくない。中年の気のよさそうなお母さんが「むすこが今度高校を一番で卒業しましてね」とうれしそうに魚やとしゃべりながら鯛をえらんでいた、ほゝえましい風景だった。
詩学四月号買ってくる。川崎さんの星がほめてあった。今年の懸賞作品は、質がいゝようで、良い作品が目にとまる。

一　蛤むきみ汁
二　鯛塩やき
三　えんどう　いため

四月十日　日曜　晴
服部時計店前で四時、Y、英一、佳さんと私が落ちあう、お母さんはまだきていない。らんぶるで時をすごす。六時、やっとお母さん現れ、五人で三笠会館の定食御馳走になる。青豆スープ、前菜、魚、若鶏の唐揚、サラダ、プディング、コーヒーのコース。久しぶりでのう〳〵とおいしかった。英一は父上のスプリング更生の背広よく似合う。お母さんも元気でやはり座を賑やかにするのは年の功。英一と新橋で別れ、私共四人所沢へ帰る。ザコ寝。金田一京助先生の内幕話には唖然。週刊朝日の「妻を語る」もみんなマユツバにおもわれてくる。

四月十一日　月曜　晴
お母さんと佳さんと三人で東京行。大丸、松屋、松坂屋をあるきまわり、佳さんへ風呂敷など買ってあげる。丸の内日活で「埋れた青春」をみる。とてもドライなもの、しかしシンボリックできりっとして、ゝ若さの良さというものが強く胸にくる。（検事のムスコ）おひる竹葉でうなぎ、夜、不二家でランチをお母さんにごちそうになる。お母さんは蒲田へ、私たちは所沢にと別れる。Yにおみやげは、Yシャツ。

一　パン
二　杏ジャム
三　バター

なし（外食）

四月十九日　火曜　雨
「劇」をスイコウ。
夜、Yにみせる。あまり俺がみてとやかく言うのはよくないのではないか……とおっしゃるけれど、みてもらうと安心する。

お金すっかりトボシトボシ。

虎の尾をふむ女房の心理なり。夜、湯豆腐にしてきりぬける。

明日は、最後の貯金千円下して来なければ……。二十五日までがっくりとゆきませんように……。

一　湯豆腐
二　ふき味噌
三　生卵

一　手製パン
二　牛乳

五月九日　月曜　晴
汗ばむ程の陽。

三人を案内して東伏見に行く。

いゝ所をさづかったもンだ〳〵とほめられる。

麦がのび家々も窓をあけ放ってきもちよさそう。二階をつくりたいきもちボツゼンと湧く。その足で新宿に出て、中村屋へ行ったが休日、デパートも休日。ふくやで日本一のそばと小豆アイス食べて帰宅。

夜、うなぎをとって御馳走する。

いゝ人たちばかりで清談しばしというところ。部屋の狭いのも馴れゝば苦にならず。一ツのふとんに二人で寝てもすぐ寝入ってしまう。

六月三日　金曜
今宵は納豆にして、しいたけの味噌汁、しそ巻のごちそう。Y、一寸しょんぼりしている。「御馳走が悪いとあなたが意気ソーするから困る」と言うと「見破れたか」と言う。
手紙どこからもこずユーウツ。

六月四日　土曜　曇
柳井さんの奥さんに誘われて野村さんの家を訪ねる。

新築のきもちのいゝ家。

お汁粉ごちそうになり世間話をする。二人ともいゝ人。私もムラムラと家欲しくなる。

夜、Yと久しぶりに所沢歌舞座へ〝裏窓〟と〝風雲日月双紙〟をみにゆく。裏窓は、おもしろくできたスリラー、ジェームス・スチュアートがなかなかいゝ。

一　レバー、葱いため
二　トマト、キャベツもみ

六月五日　日曜　曇
栗の花が咲きはじめた。
日曜日をぼんやりすごす。
苺にミルクをかけておいしく食べる。
夜、設計。
一寸吉田に帰ってみたいきもちが動く。
寝る前、Yの頭、オイルシャンプー

一　かつを照焼
二　しいたけ汁
三　茄子　生姜醤油

六月八日　水曜
雨ふり、気がめいる。
二日もしゃべっていないし、梅雨にはヒステリーになりそう……

絵鳩さん（郵政省）から手紙、「御玉稿力強くて七月号にふさわしいものとおもいます」と御礼来る。

今までに発表してきた詩を、一冊のノートにまとめて置くことにした。

夜少しごちそうして待つ。鶏の揚物おいしく出来て、やっぱり家のめしはうまいと、Y喜ぶ。

一　若鶏唐揚、
　　キャベツ、トマト
二　えんどう味ソ汁

六月十一日　土曜　曇、雨
風邪おさまらず倦怠感、悪感《ママ》はなはだしく一日寝る。午前中、馬鹿のように眠り、午後も眠っていると二時頃、Y帰宅。

しのだ寿司とシュークリームのおみやげ。

明日のお誕生日を一日くりあげて、まづは「おめでとうがんした」と挨拶される。

前夜祭のようなもの。夕刻、Yも私の床でグウグウ眠る。梅雨の入りは明日とのこと、いやになる。たこちゃんより葉書。

結婚第一声。長沼多寿子となり、しあわせそうで安心する。

六月二十五日　土曜　晴
Y、新宿で「たそがれ酒場」をみて帰る。とてもよかったとのこと。こーふんした模様。
今日はサラリー日なので、二幸の肉や、玉木やの時雨蛤かってきてくれる。

一日暑い。

六月二十六日　日曜　曇
急にさむくなる。

でもサラリー入ったばかりなので、きもちのゆとりがあるので、さむざむとした感じはない。

日曜日なので詩学、映画ファンなど買ってたのしむ。Yも一日休養、夕方床やに行く。

夜、支那そば。

お八つ、アイスクリーム、豆ごのみ、バナナと一寸ゴウセイにしてしまった。

郵政省より詩の原稿料二千五百円来る。はじめての詩の稿料なればどうしようかと思案する。

七月十四日　木曜　晴
パリ祭。

いやになるほど盛沢山のシャンソンがラジオから流れる。高英夫のシャンソンはきゝづらい。もったりして軽快さがいさゝかもない。モンタンやトレネなどが巾のある美しい軽やかな調子で歌うのをきくとうっとりする。

クランケよりビール一ダース。もう一人のクランケからは赤玉ポートワインとカルピス。隣で氷を今日から売りはじめたので早速かってひやす。

帰宅したYに〝ちょっとすてきなパリ祭よ〟と言うと大よろ

こびだった。

七月二十四日　日曜　晴

財布は、すばらしく軽いが、明日サラリー日なので家中のこまか銭かき集めて、東伏見のプールに行ってみる。

一人四十円で私は荷物の番人でYの泳ぐのをみていた。

とてもいゝプールで私も泳げたらどんなにいゝだろうと思った。ひとは一杯で健康でたのしげに泳ぐひとをみているのはいゝリクリエーションになった。

夜、茄子をやいて食べた。

八月四日　木曜　晴

午前中、草刈。

夕方五時半、新宿駅でYと待合せ、買っておいた切符渡し、天春で天丼食べて今夜の夜行で鶴岡へたつ彼と別れる。

子供に中村やのパイ。父上、兄上にナイロン靴下のおみやげ。整える。

今日の待合せに十分おくれてきたので私は、おかんむりだった。たった十分ばかり……と言うけれど、いつの待合せにもその位おくれてくるのだもの私だって少しは気分悪くなる。

少しの間の別れ、或はしばらく会わないでいての出会いの折は、とても大切なもの、もっとお互いにこの辺のタイミングに注意したいもの。でも天井たべて少しきげんよくなり、「いゝ休暇を！」と肩をたゝいて別れる。

八月六日　土曜　晴

英一、五時頃来てくれる。

水密桃の大きいの三個、フランスパンなど持って。二人でビール一本と、豚肉の生姜焼きなどのごちそうで食べる。

夜、街の七夕をみにゆく。島村金物店のビニールひもを使った天の川が、一等賞。アイデアよろし。斎藤さんのは養老の瀧で二等。他はみるものなく、商魂たくましさばかり目立つ。

帰り「ねぎし」でソフトクリームたべる。割においしかったので驚いた。

八月十四日　日曜　晴

吉田まで持ってきてしまった詩の原稿を嵯峨さん宛に送る。せいせいした。

患者より、こち、かれいの新しいのを貰う。ぴん〳〵してるのを、バタ焼にして通いの看護婦さんにもごちそうする。

すいれんの花、ふようの花、カンナの花、色どり美しく咲いている。シャワーはあるし、暑いといっても海風がそよ〳〵と入ってくるし、家の設備が快適だとこんなにきもちのいゝものかとおもう。

父上は吉田の単調さを嘆かれる。

サンスター歯みがき使うたび、又今日も始るとおもうと言う。

八月十六日　火曜　晴

お母さんと名古屋ゆき。

朝日会館で〝悪魔のような女〟をみる。大したことはなかった。

東寿司の上寿司とてもおいしかった。

明治屋で中元のお返しの買物、松坂屋でウエストニッパー、シャツ、風呂敷などを私は買ってもらう。

夜、敷島パンでハンバークステーキ食べて帰る。お父さんにロシアケーキのおみやげ。吉田の駅に下りたつと、かすかに磯の匂いがしてとてもよかった。

風のかげんだろう。

八月十八日　木曜　晴
一時十三分発、蒲郡。

おひるごはんは、鯛のおさしみと、かにの茹でたのをお母さんが作ってくれる。おさしみ食べたのでおもいのこすことなし。お父さんは、午前中とても忙しく、山川先生に電話かけている時に発つ挨拶をした。涙も出ずかえってよかった。沼津まで立ち通し。

根府川の海、相変らずきれいで瞠目した。新橋でYと待合せ、東興園でシュウマイ御飯の夕食をして帰る。

所沢の家も変りなし。

住宅公庫はみごと落選、一寸力をおとす。

八月二十一日　日曜　晴
本年最高の温度、三十五、四度。
だまっていても汗が胸を伝わるのがわかる。
Y、プールに行くと言い出す。
私もついていって駅前（東伏見）のおそばやでもりを食べて、お寿司やもみつけてついそれも食べて、うか／＼散財して帰る。

夜は、けんやくして茄子のゆでたのと玉子。

吉田からもらってきた杏干（信州の）をお砂糖で煮る。お茶に添えてたべると風味絶佳、たのしんで味う。

九月四日　日曜　晴
バスで駅前までゆき、魚やであさり、生鮭など買って帰る。

今日は日曜なので休養日。

どうも最近、私は弛緩してしまっているようだ。

いつまでも水々《ママ》しく精彩あって、おもしろい女でいたいのに……私の頭をしめているものはだん／＼現実的になってしまって、口やかましくなって世話をやきたがって、ツマンナイヤツになってゆくような気配、アヤウシ。

昨日、牟礼さんと女のことを話題にしたので、今日もこんなことを考えるのだろうか。

十月十三日　木曜　晴
油揚買ってきて、いなり寿司を作って、重箱に入れておいて、一人の一日分の食糧にする。
ごはんの仕度をしなくてもいゝと思うと夕方まで仕事はかどる。
京都ではどんなことをしているのかしら？　とおもう。

122ページに続く

プリン

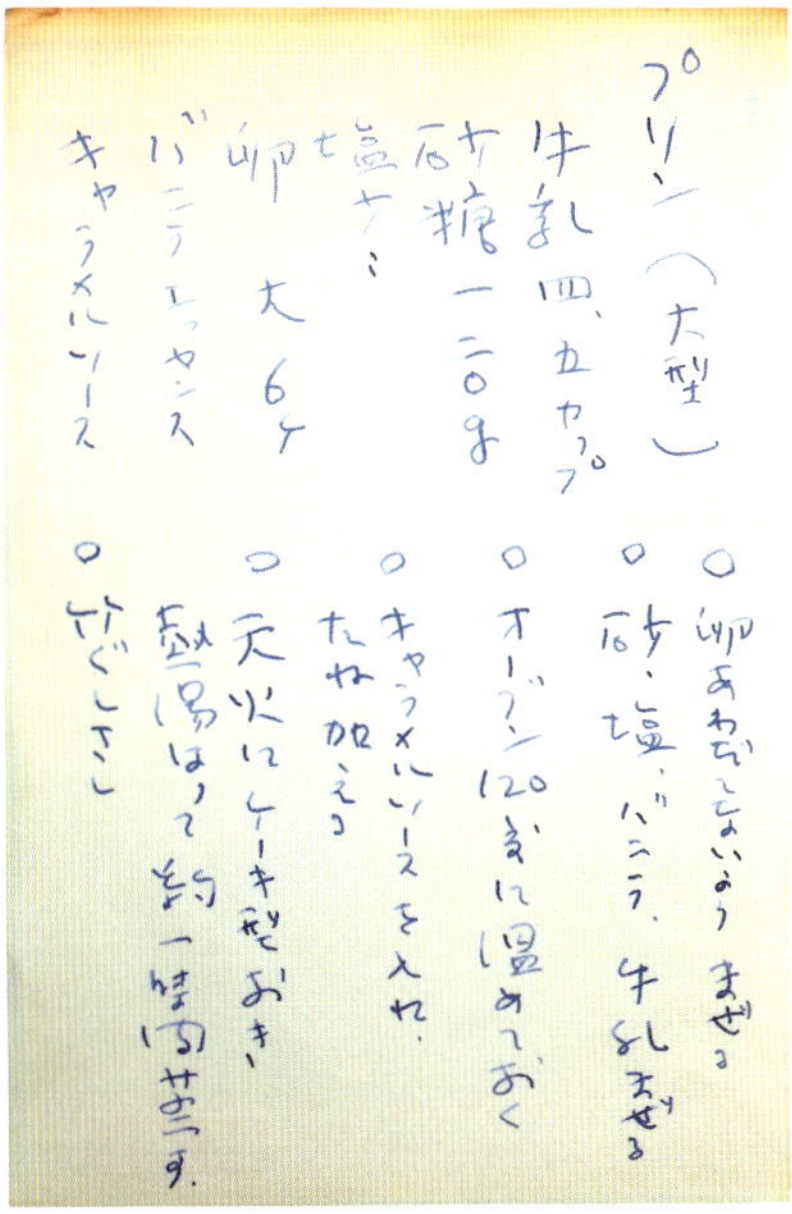

プリン（大型）

牛乳　四、五カップ

砂糖　一二〇g

塩　少々

卵　大6ケ

バニラエッセンス

キャラメルソース

○卵あわだてないようまぜる

○砂（糖）、塩、バニラ、牛乳まぜる

○オーブン120度に温めておく

○キャラメルソースを入れ、たね加える

○天火にケーキ型おき熱湯はって約一時間蒸す

○竹ぐしさし

●牛乳は人肌くらいに温めておく。キャラメルソースは、水と砂糖を適量合わせて煮詰める。まず、型にキャラメルソースを入れ、固まったら、濾し器を使い型に卵液を流し込む

ハヤシライス

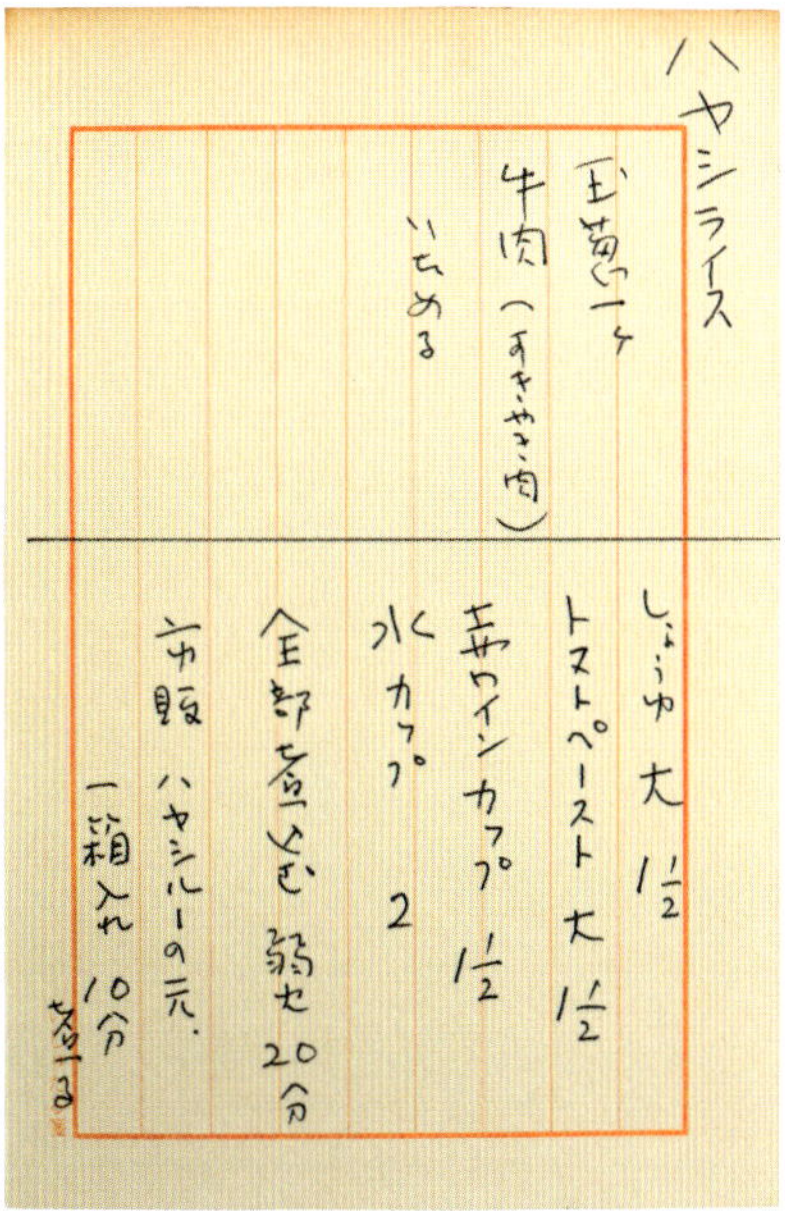

ハヤシライス

玉葱　一ケ
牛肉（すきやき肉）
　いためる

しょうゆ　大１１／２
トマトペースト　大１１／２
赤ワイン　カップ１１／２
水　カップ２

全部煮込む　弱火20分

市販ハヤシルーの元、一箱入れ
10分煮る

●すき焼き用のほどよく脂がのった柔らかい牛肉を使用。一カップ半の赤ワインが効いて、市販のルーを使ったとは思えないレストランのような味わいに。　四人分

ブイヤベース アイオリソース

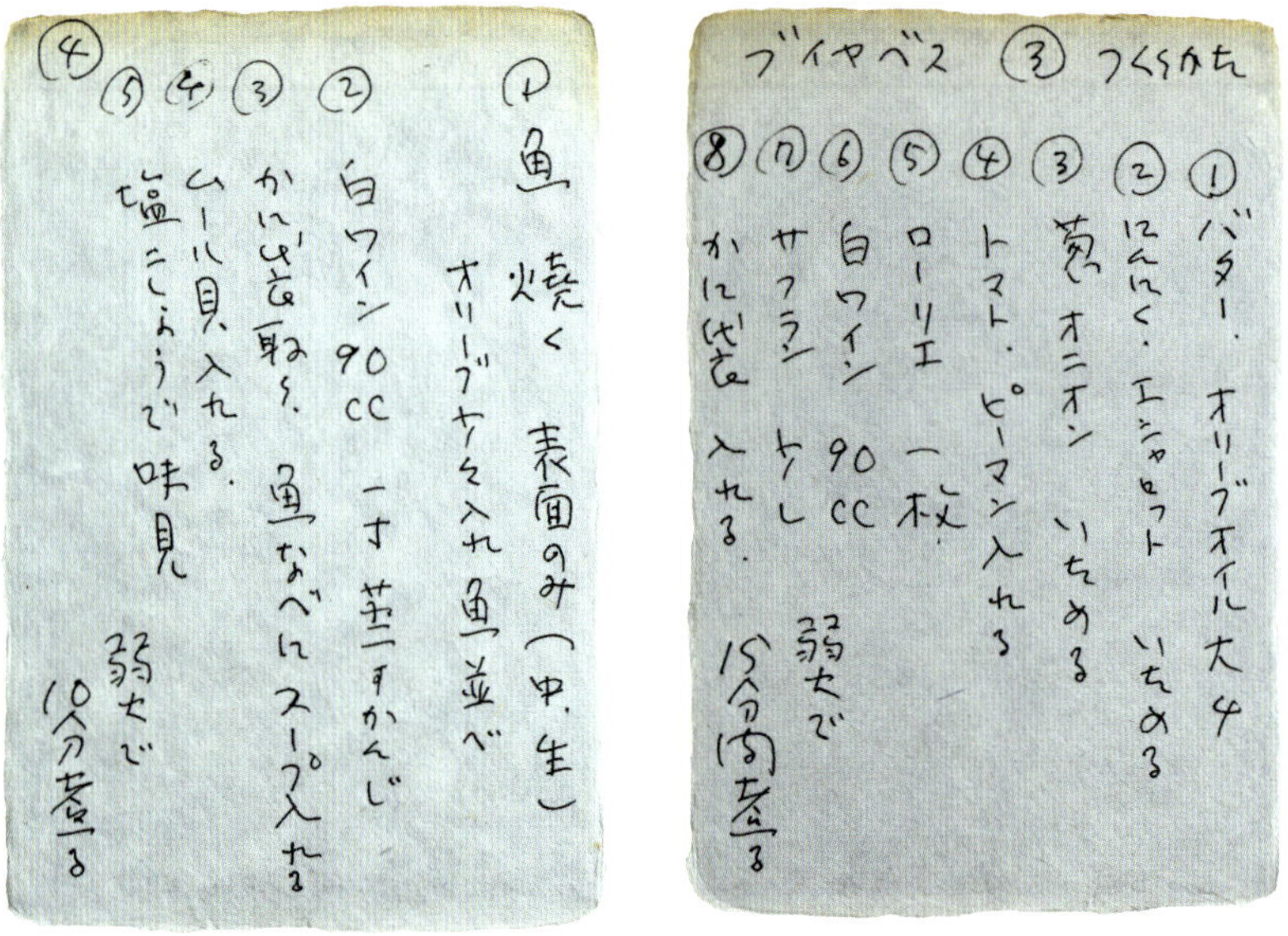

ブイヤベス

材料
車えび
ほたて
こち
たい
ムール貝、4ケ（かきでも可）
わたりがにつぶして布につつむ

スープ材料
玉葱 1／2
にんにく 一かけら
エシャロット 二ケ みじん切り
トマト 二ケ
ピーマン 大1
ローリエ

つくりかた
①バター、オリーブオイル大4
②にんにく、エシャロット
　いためる
③葱 オニオン、いためる
④トマト、ピーマン入れる
⑤ローリエ 一枚
⑥白ワイン 90cc
⑦サフラン少し
⑧かに袋入れる、
　弱火で15分間煮る

①魚焼く表面のみ（中、生）
　オリーブ少々入れ魚並べ
②白ワイン90cc一寸蒸すかんじ
③かに袋取り、魚なべにスー
　プ入れる
④ムール貝入れる
⑤塩こしょうで味見
　弱火で10分煮る

つけ汁 アイリオソース
①卵黄味1／2 塩こしょう
②にんにく1／2 すりおろし
　まぜる
③ワインビネガー 25cc
④オリーブオイル 110cc
　マヨネーズのように、③、
④交互に

●スープは、基本はレシピ通りだが、ワタリガニが入手できないときは、市販のブイヤベースの素を使用してもよい。魚介の出汁と合わさり上等のスープに仕上がる。四人分

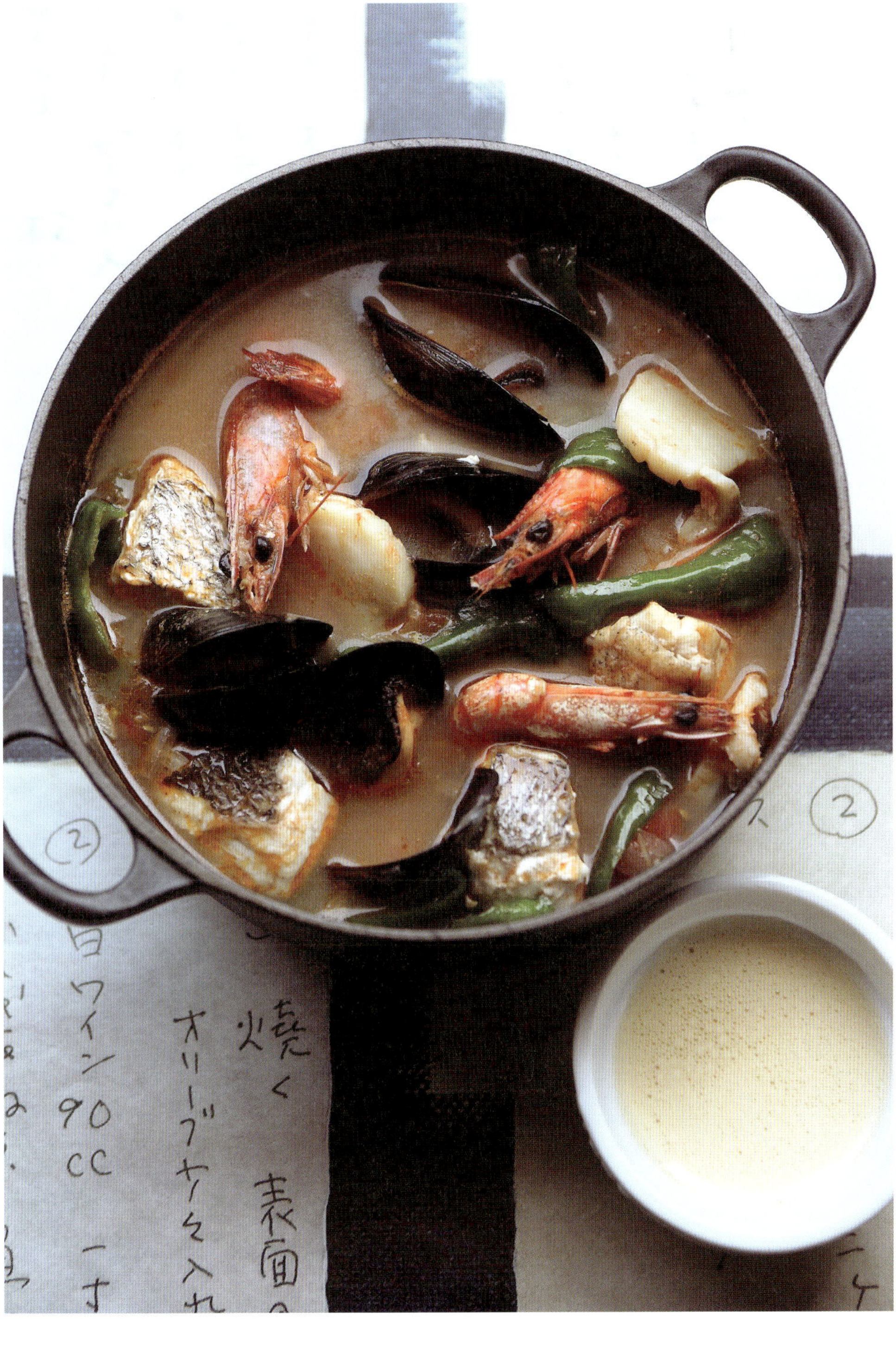
白ワイン90cc

きすマリネ

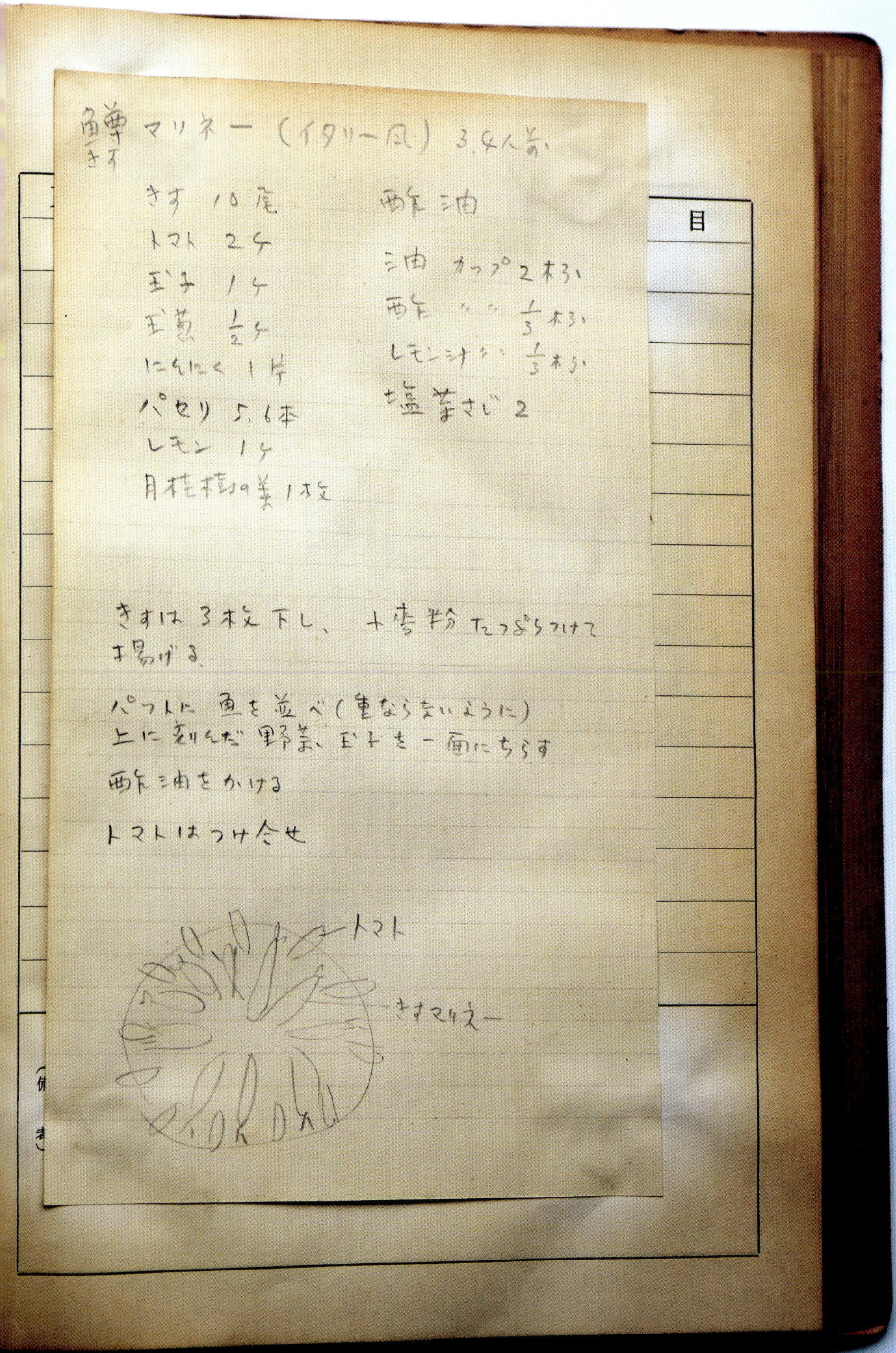
鱚《きす》マリネー（イタリー風）3.4人前

きす 10尾
トマト 2ケ
玉子 1ケ
玉葱 1/2ケ
にんにく 1片
パセリ 5.6本
レモン 1ケ
月桂樹の葉 1枚

酢油
油 カップ2杯
酢 〃 1/3杯
レモン汁 〃 1/3杯
塩 茶さじ 2

きすは3枚下し、小麦粉たっぷらつけて揚げる。

バットに魚を並べ（重ならないように）
上に刻んだ野菜、玉子を一面にちらす
酢油をかける

トマトはつけ合せ

鱚《きす》マリネー（イタリー風）

3、4人前

きす　10尾
トマト　2ケ
玉子　1ケ
玉葱　1／2ケ
にんにく　1片
パセリ　5、6本
レモン　1ケ
月桂樹の葉　1枚

酢油
油　カップ2杯
酢　〃　1／3杯
レモン汁　〃　1／3杯
塩　茶さじ2

きすは3枚下し、小麦粉たっぷりつけて揚げる
バットに魚を並べ（重ならないように）上に刻んだ野菜、玉子を一面にちらす
酢油をかける
トマトはつけ合せ

●十センチくらいの鱚を使用。油、酢、レモン汁、塩だけの「酢油」がシンプルながら良い味。仕上げ図のように盛りつけ、最後にパセリとゆで卵を散らす

サワークラウト

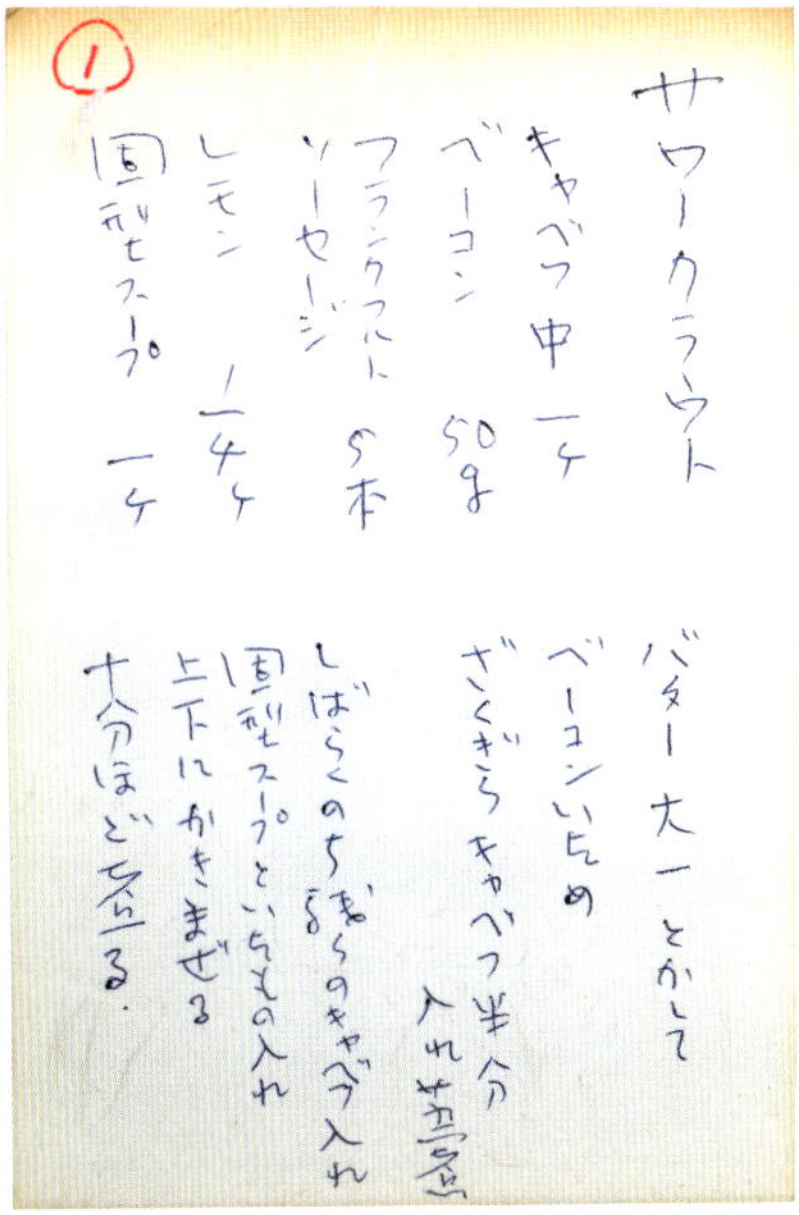
①
サワークラウト
キャベツ中 一ケ
ベーコン 50g
フランクフルト ソーセージ 5本
レモン 1/4ケ
固型スープ 一ケ

バター 大一 とかして
ベーコンいため
ざくぎらキャベツ半分
入れ蒸煮
しばらくのち残りのキャベツ入れ
固型スープといたもの入れ
上下にかきまぜる
十分ほど煮る.

サワークラウト
キャベツ中　一ケ
ベーコン　50g
フランクフルトソーセージ
5本
レモン　1／4ケ
固型スープ　一ケ
バター　大一　とかしてベーコンいため、ざくぎりキャベツ半分入れ蒸煮。しばらくのち残りのキャベツ入れ固型スープ、といたもの入れ、上下にかきまぜる
十分ほど煮る

キャベツやわらかになったら
塩　茶さじ一ケ1／2
こしょう
酢　大　5
レモン　1／4
（以上）入れる
ソーセージ両端おとしキャベツの中に埋めるように三、四分煮る

●酢とレモン汁と固形スープの味付けで、レストランのようなザワークラウトに仕上がる。水は入れずキャベツの水分だけで煮るので、無水鍋のような密閉できる厚手鍋がよい。四人分

薬食《ヤクシク》

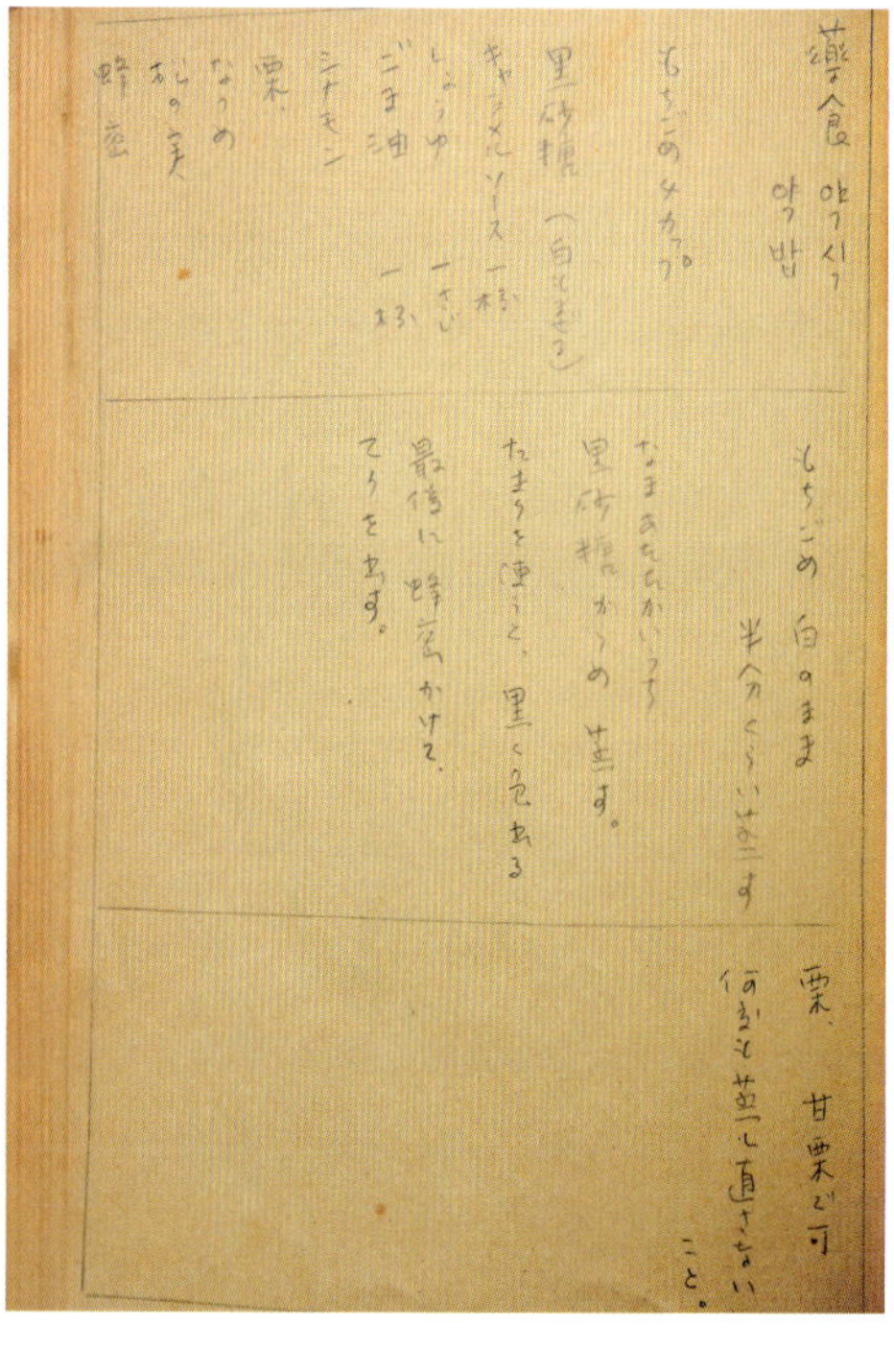
薬食 약식 약밥
もちごめ４カップ
黒砂糖（白もまぜる）
キャラメルソース 一杯
しょうゆ 一さじ
ごま油 一杯
シナモン
栗
なつめ
松の実
蜂蜜

もちごめ 白のまま 半分くらい蒸す
なまあたたかいうち黒砂糖からめ蒸す。
たまりを使うと、黒く色出る
最後に蜂蜜かけて、てりを出す。

栗 甘栗で可
何度も蒸し直さないこと。

薬食
もちごめ　4カップ
黒砂糖（白もまぜる）
キャラメルソース　一杯
しょうゆ　一さじ
ごま油　一杯
シナモン
栗
なつめ
松の実
蜂蜜。

もちごめ　白のまま
　半分くらい蒸す
なまあたたかいうち黒砂糖からめ蒸す。
たまりを使うと、黒く色出る
最後に蜂蜜かけて、てりを出す。

栗　甘栗で可
何度も蒸し直さないこと。

●韓国では正月や祝いの席でいただく甘いおこわ。レシピには「蒸す」とあるが、黒砂糖、醤油、ごま油、細かく切った栗など材料を入れ、炊飯器で炊いてもよい。二十個分

わかめスープ

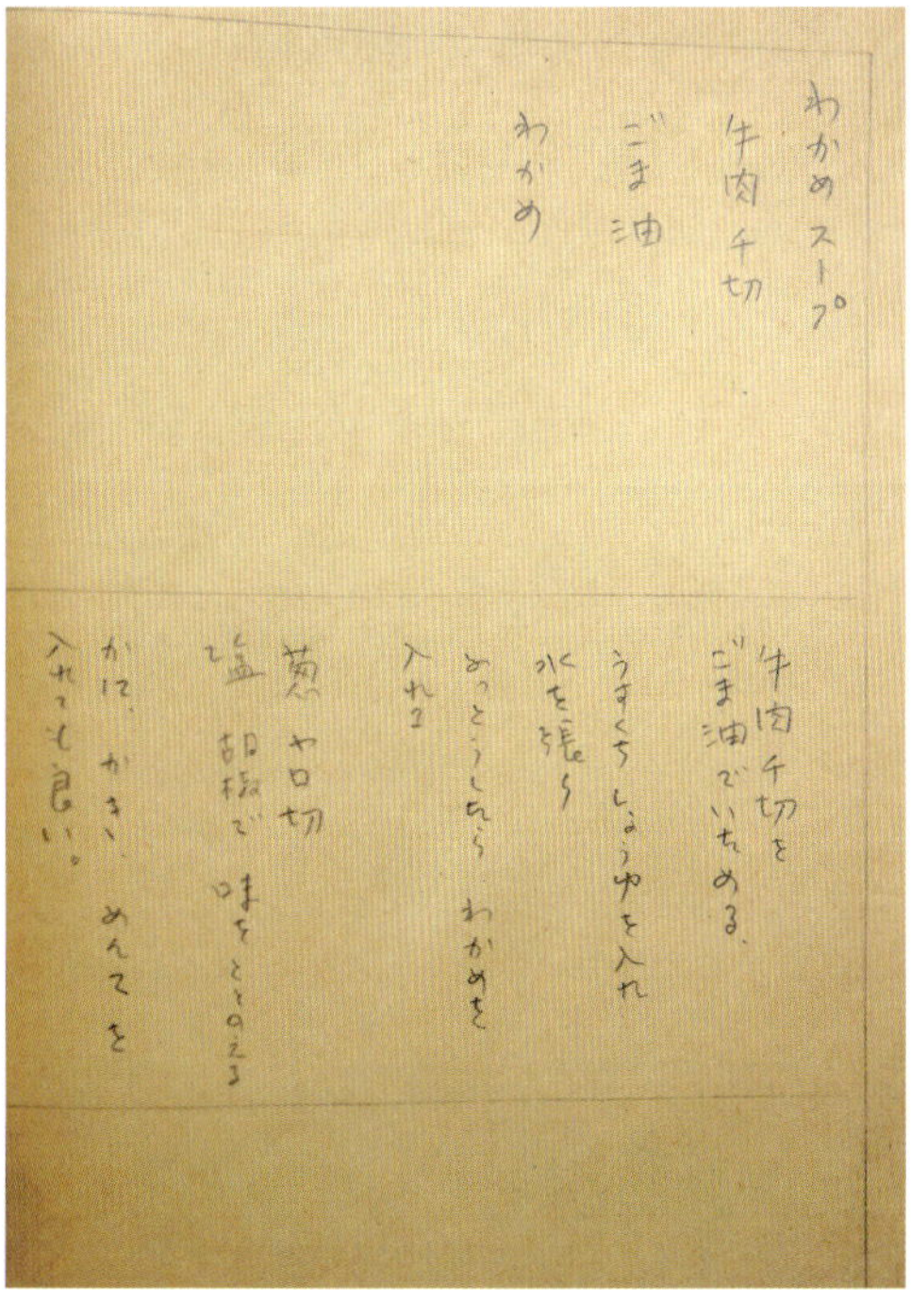
わかめスープ
牛肉千切
ごま油
わかめ

牛肉千切を
ごま油でいためる。
うすくちしょうゆを入れ
水を張り
ふっとうしたら　わかめを
入れる

葱　小口切
塩　胡椒で　味をととのえる
かに、かき、めんてを
入れても良い。

わかめスープ

牛肉千切
ごま油
わかめ

牛肉千切をごま油でいためる
うすくちしょうゆを入れ、水を張り、ふっとうしたらわかめを入れる

葱　小口切
塩胡椒で味をととのえる
かに、かき、めんマを入れても良い。

●レシピには、化学調味料や旨味調味料の記述はないが、ごま油で炒めた牛肉が出汁になるのか、薄口醬油、塩、胡椒の味付けだけで十分美味しい

オマール海老のリゾット
コーラルソース

オマール海老のリゾット
コーラルソース

（一）米をチキンスープで炊き
（二）オマール海老をはさんで
　　型抜き
（三）パン粉ふりかけ表面こが
　　す
（四）海老みそを使ったソース
　　をかける

●「海老みそを使ったソース」とあるが、缶詰のアメリケーノソースでもよい。チキンスープリゾット、焼きオマール海老には、アメリケーノソースがよく合う

オマール海老のリゾット コーラルソース

(一) 米をチキンスープで炊き

(二) オマール海老をはさんで型抜き

(三) パン粉ふりかけ 表面こがす.

(四) 海老みそを使ったソース をかける

マカロニナポリタン

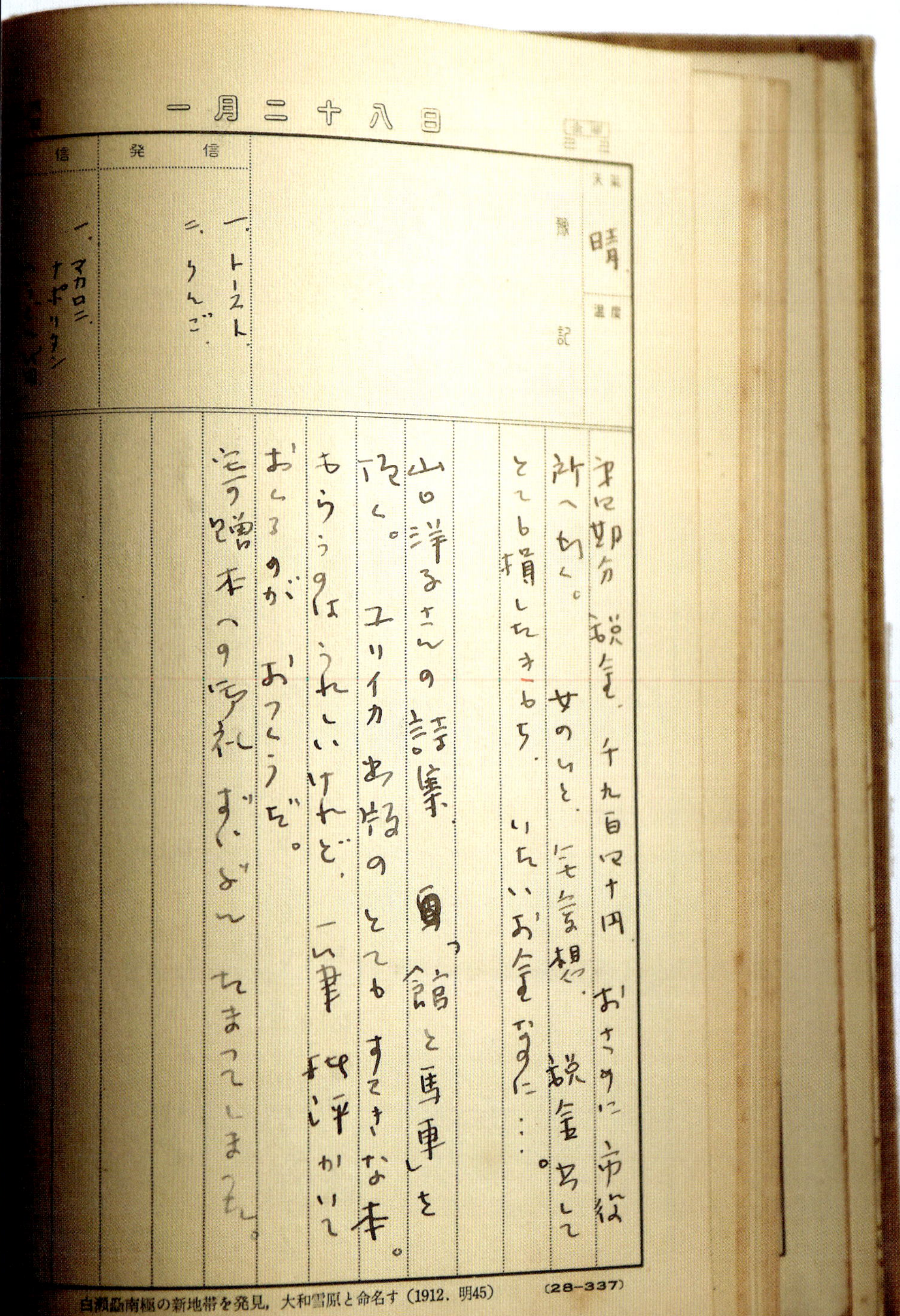
一月二十八日
晴
一、トースト
二、りんご
一、マカロニナポリタン
第四期分税金を、千九百四十円おさめに市役所へ行く。女のひと、無愛想。税金出して
とても損した気もち。いたいお金なのに……。
山口洋子さんの詩集「自動館と馬車」を頂く。ユリイカ出版のとてもすてきな本。もらうのはうれしいけれど、一筆批評かいておくるのがおっくうだ。寄贈本への御礼ずいぶんたまってしまった。
白瀬中尉南極の新地帯を発見，大和雪原と命名す（1912．明45）
(28-337)

1955年　昭和三十年
一月二十八日　金曜　晴

第四期分税金、千九百四十円、おさめに市役所へ行く。女のひと、無愛想、税金出してとても損したきもち、いたいお金なのに……。

山口洋子さんの詩集「館と馬車」を頂く。ユリイカ出版のとてもすてきな本。もらうのはうれしいけれど、一筆批評かいておくるのが、おっくうだ。

寄贈本への御礼ずいぶんたまってしまった。

二　りんご
一　トースト

一　マカロニ
　　ナポリタン
　　（うどん代用
　　鶏もつ
　　ケチャップ）

●「うどん代用、鶏もつ」のメモ通りに。醤油やみりんで下味を付けた鶏レバーを炒め、茹でたうどんを加えてさっと炒める。コンソメ顆粒で旨味を加え、ケチャップで仕上げ

1955年、博文館当用日記。発信欄に朝食、受信欄に夕食のメニュー

朝鮮風ひやむぎ

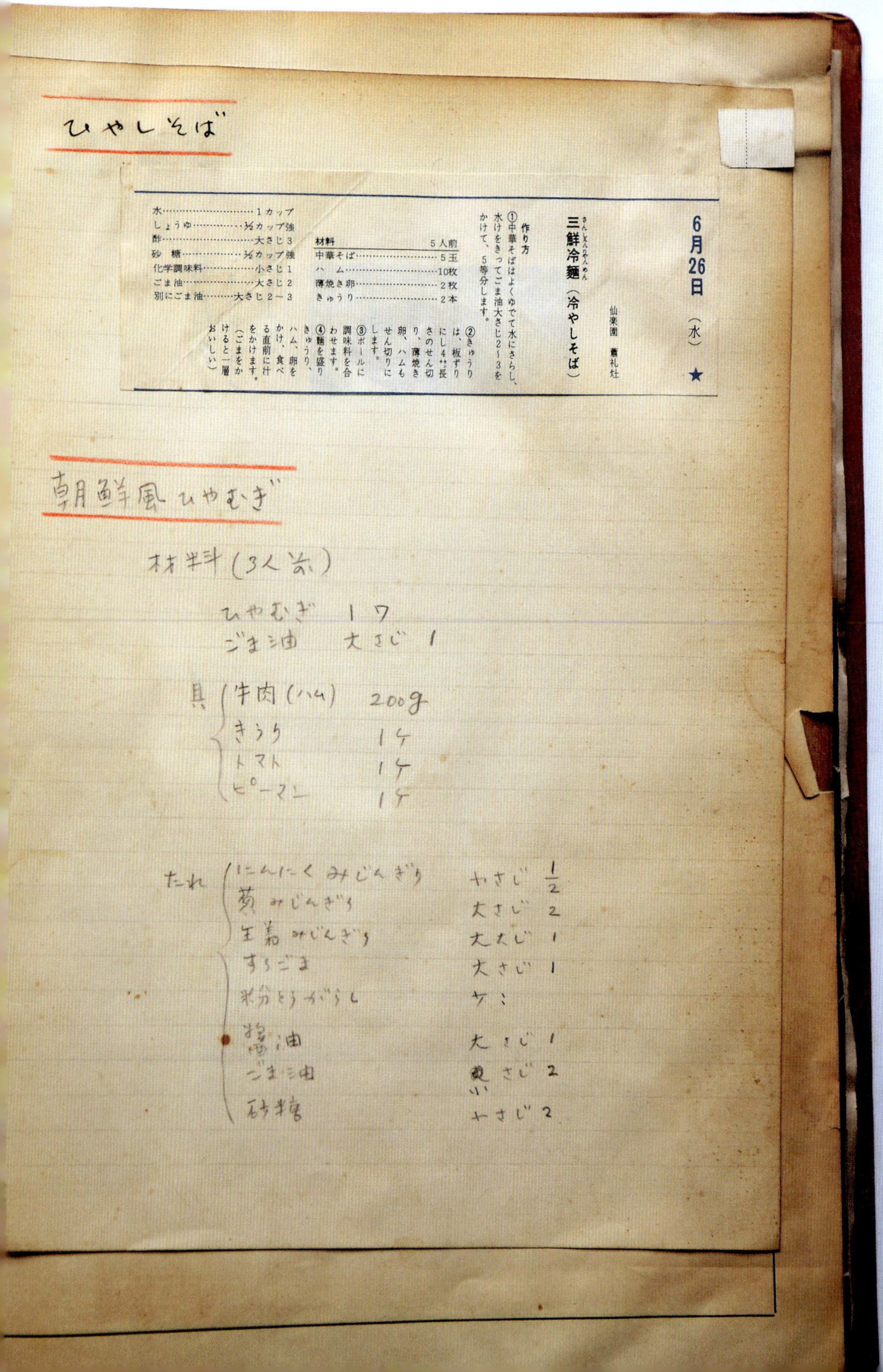

ひやしそば

6月26日（水）★

三鮮冷麺《さんしえんれんめん》（冷やしそば）

仙楽園 蕭礼灶

作り方

①中華そばはよくゆでて水にさらし、水けをきってごま油大さじ2～3をかけて、5等分します。

②きゅうりは、板ずりにし4㌢長さのせん切り、薄焼き卵、ハムもせん切りにします。

③ボールに調味料を合わせます。

④麺を盛りきゅうり、ハム、卵をかけ、食べる直前に汁をかけます。（ごまをかけると一層おいしい）

材料 5人前
中華そば……5玉
ハム……10枚
薄焼き卵……2枚
きゅうり……2本

水……1カップ
しょうゆ……½カップ強
酢……大さじ3
砂糖……½カップ強
化学調味料……小さじ1
ごま油……大さじ2
別にごま油……大さじ2～3

朝鮮風ひやむぎ

材料（3人前）
ひやむぎ 1ワ
ごま油 大さじ 1

具
牛肉（ハム） 200g
きゅうり 1ケ
トマト 1ケ
ピーマン 1ケ

たれ
にんにくみじんぎり 小さじ 1/2
葱みじんぎり 大さじ 2
生姜みじんぎり 大さじ 1
すりごま 大さじ 1
粉とうがらし 少々
醤油 大さじ 1
ごま油 小さじ 2
砂糖 小さじ 2

朝鮮風ひやむぎ

材料（3人前）
ひやむぎ　1ワ
ごま油　大さじ1

具
牛肉（ハム）　200g
きうり　1ケ
トマト　1ケ
ピーマン　1ケ

たれ
にんにくみじんぎり　小さじ1/2
葱みじんぎり　大さじ2
生姜みじんぎり　大さじ1
すりごま　大さじ1
粉とうがらし　少々
醬油　大さじ1
ごま油　小さじ2
砂糖　小さじ2

●冷やし中華の中華麺をひやむぎに変えたもの。にんにく、生姜、葱などがたっぷり入ったたれが絶品。茹でたひやむぎにごま油を和えておくのがコツ

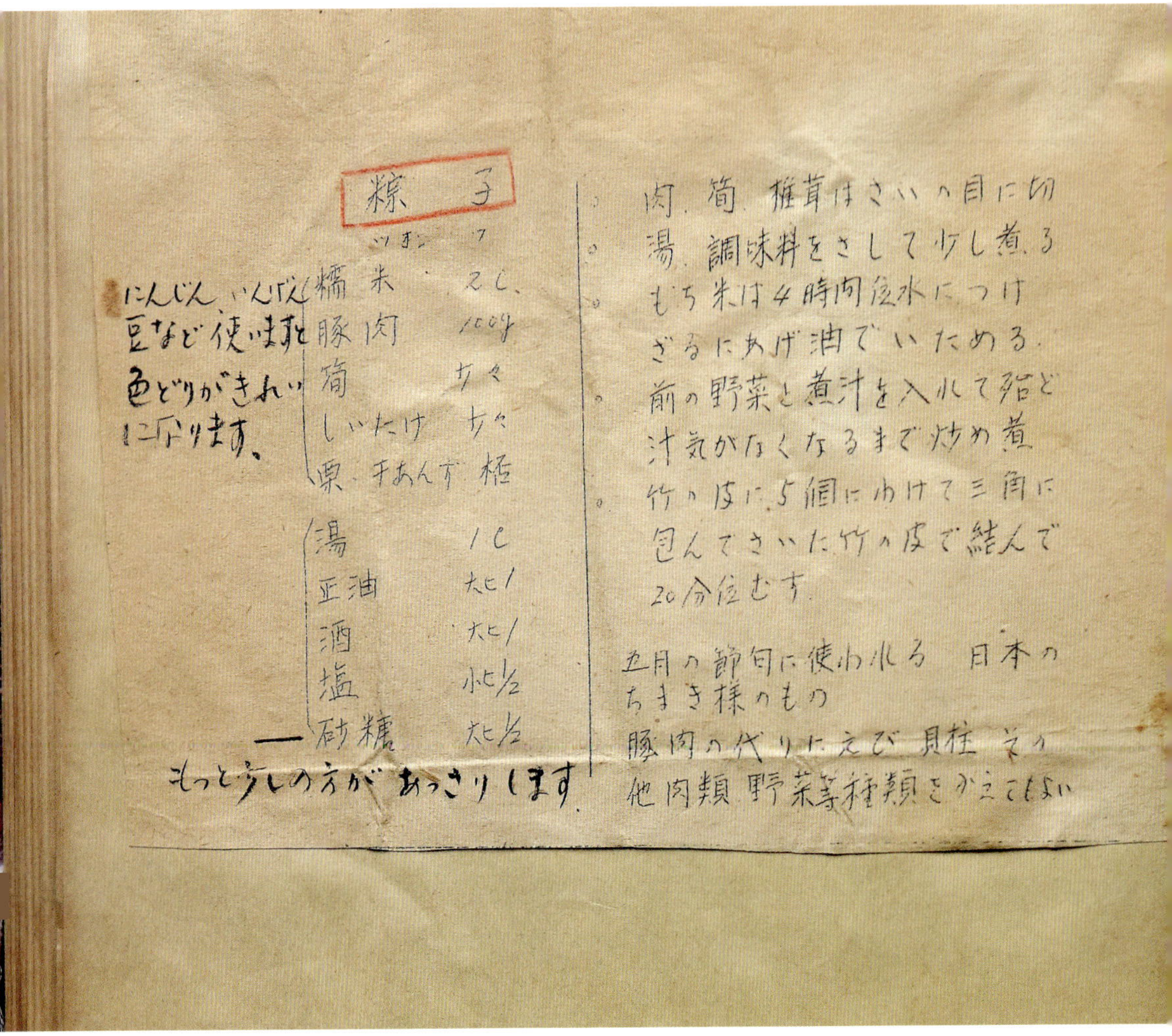

粽子《ツォンズ》

粽子《ツォンズ》
糯米　2C
豚肉　100g
筍　少々
しいたけ　少々
栗、干あんず　梧

にんじん、いんげん、豆など使いますと、色どりがきれいになります。

湯　1C
正油　大匙1
酒　大匙1
塩　小匙1／2
砂糖　大匙1／2 ——もっと少しの方があっさりします

○肉、筍、椎茸はさいの目に切
○湯、調味料をさして少し煮る
○もち米は4時間位水につけ、ざるにあげ油でいためる
○前の野菜と煮汁を入れて殆ど汁気がなくなるまで炒め煮
○竹の皮に5個にわけて三角に包んで、さいた竹の皮で結んで20分位むす

五月の節句に使われる　日本のちまき様のもの
豚肉の代りにえび、貝柱、その他肉類野菜等種類をかえてもよい

●「米、麺料理」のスクラップブックにあったもの。鍋でもち米を具と合わせて炒め、汁気をなくしもっちりしたら、三角の容れ物状にした竹皮に詰めて包み、蒸し上げる。八個分

ベークドポテト

ベークドポテト

じゃが　さいのめ(ゆでてさまし)

玉葱　一ケ(一センチ角)

ベーコン薄切　3枚切る

玉葱いため
ベーコン入れ } 塩、胡椒

バター　大さじ2

じゃが入れまぜる

つぶすようにして上からなべぶたでプレス

●ジャガイモは茹でたものを使うので、玉葱とベーコンを炒めたフライパンに入れ、焼き色を付けるだけ。箸でかき混ぜたりせず、鍋蓋でプレスしながらじっくり焼く

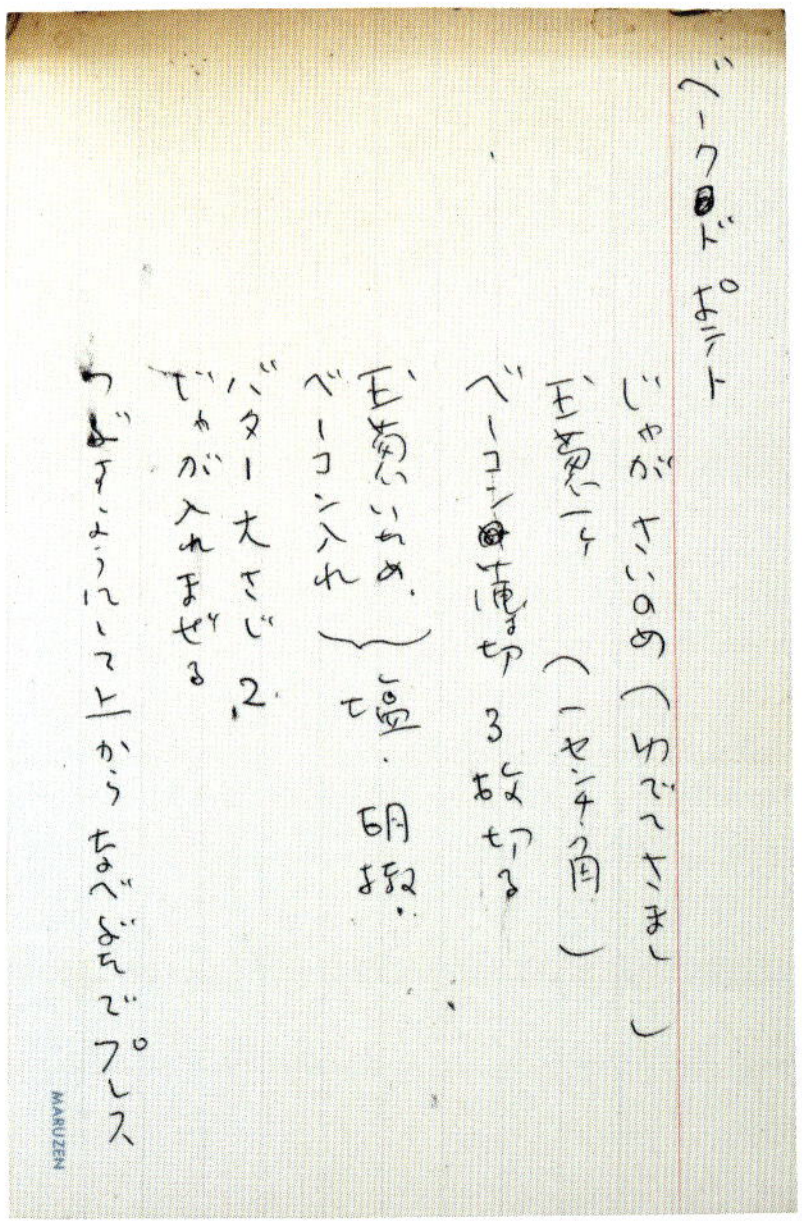
ベークドポテト
じゃが さいのめ (ゆでてさまし)
玉葱一ケ (一センチ角)
ベーコン薄切 3枚切る
玉葱いため、
ベーコン入れ } 塩、胡椒、
バター大さじ2
じゃが入れまぜる
つぶすようにして上から なべぶたでプレス
MARUZEN

ひらめ刺し、柳がれい、熱燗

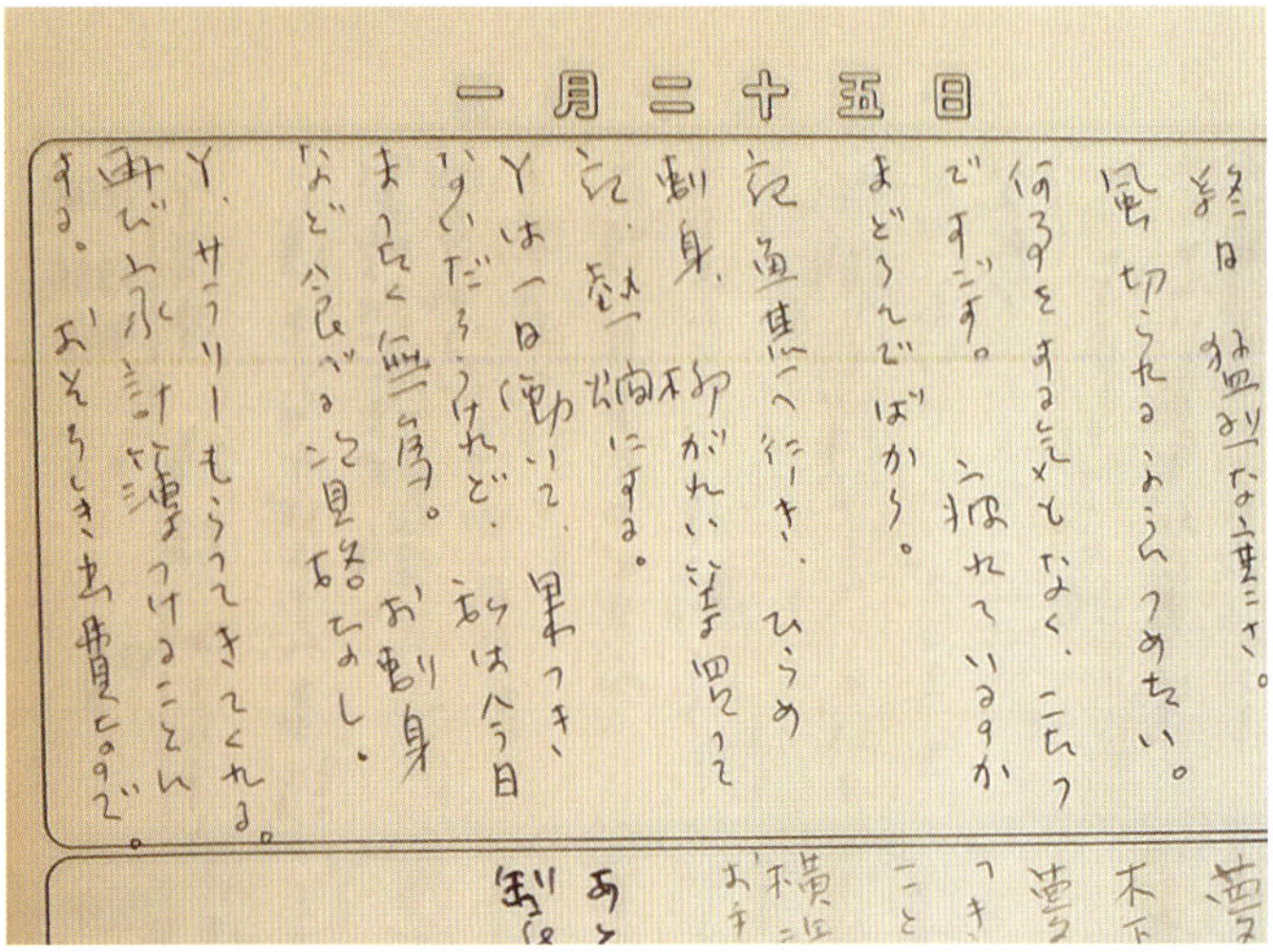
一月二十五日
終日　猛烈な寒さ。
風　切られるようにつめたい。
何事をする気もなく、こたつ
ですごす。　疲れているのか
まどろんでばかり。
夜　魚甚へ行き、ひらめ
刺身、柳がれい等買って
夜　熱燗にする。
Yは一日働いて、果つき
ないだろうけれど、私は今日
まったく無為。　お刺身
など食べる資格なし。
Y、サラリーもらってきてくれる。
再び家計簿つけることに
する。　おそろしき出費なので。

１９６６年　昭和四十一年
一月二十五日　火曜　曇

終日、猛烈な寒さ。

風、切られるようにつめたい。

何事をする気もなく、こたつですごす。疲れているのか、まどろんでばかり。

夜、魚甚へ行き、ひらめ刺身、柳がれい等買って、夜、熱燗にする。

Yは一日働いて、果つきないだろうけれど、私は今日まったく無為。お刺身など食べる資格なし。
Y、サラリーもらってきてくれる。再び家計簿つけることにする。おそろしき出費なので。

●柳ガレイは一夜干しが絶品。中火でグリルし、軽く焦げ目がつくくらいがよい。ヒラメは、刺身用の柵を切って盛りつけ

栗ご飯、なめこ汁、鶏立田揚げ

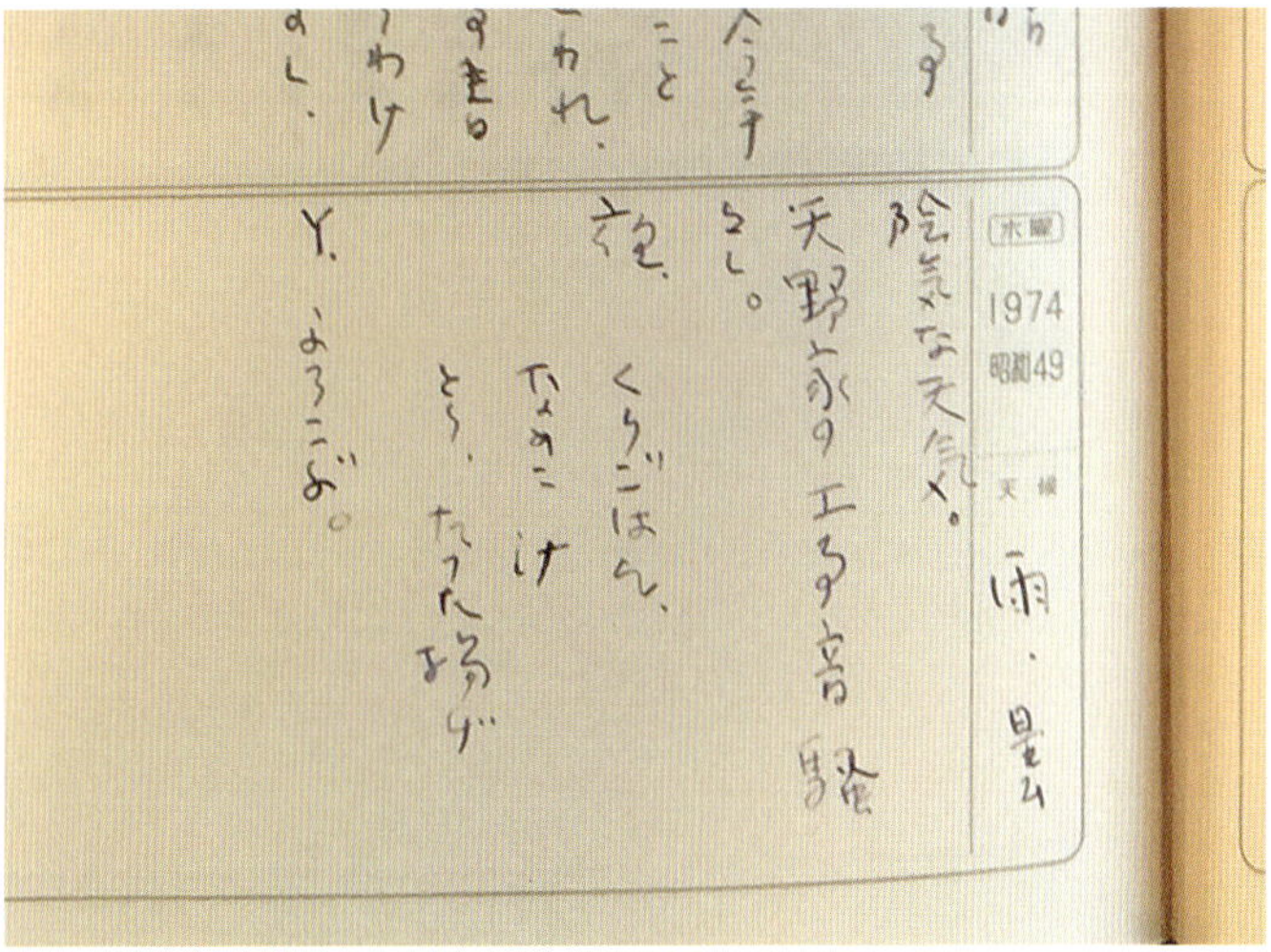

水曜
1974
昭和49
天候 雨・曇り

陰気な天気。
天野家の工事音騒
さし。
夜、
くりごはん、
なめこけ
とり、たった揚げ
Y、よろこぶ。

1974年　昭和四十九年
十月二日　水曜　雨・曇

陰気な天気。
天野家の工事音騒々し。
夜、くりごはん
　なめこ汁
　とり　たつた揚げ
Y、よろこぶ。

●栗は渋皮を剝いて水に二〜三時間つけておく。あらかじめ昆布出汁を用意するのが一般的だが、炊飯器に米、栗、塩、酒、昆布（表面を洗う）を入れて炊いても美味しくできる

鶏とびわの甘酢あんかけ

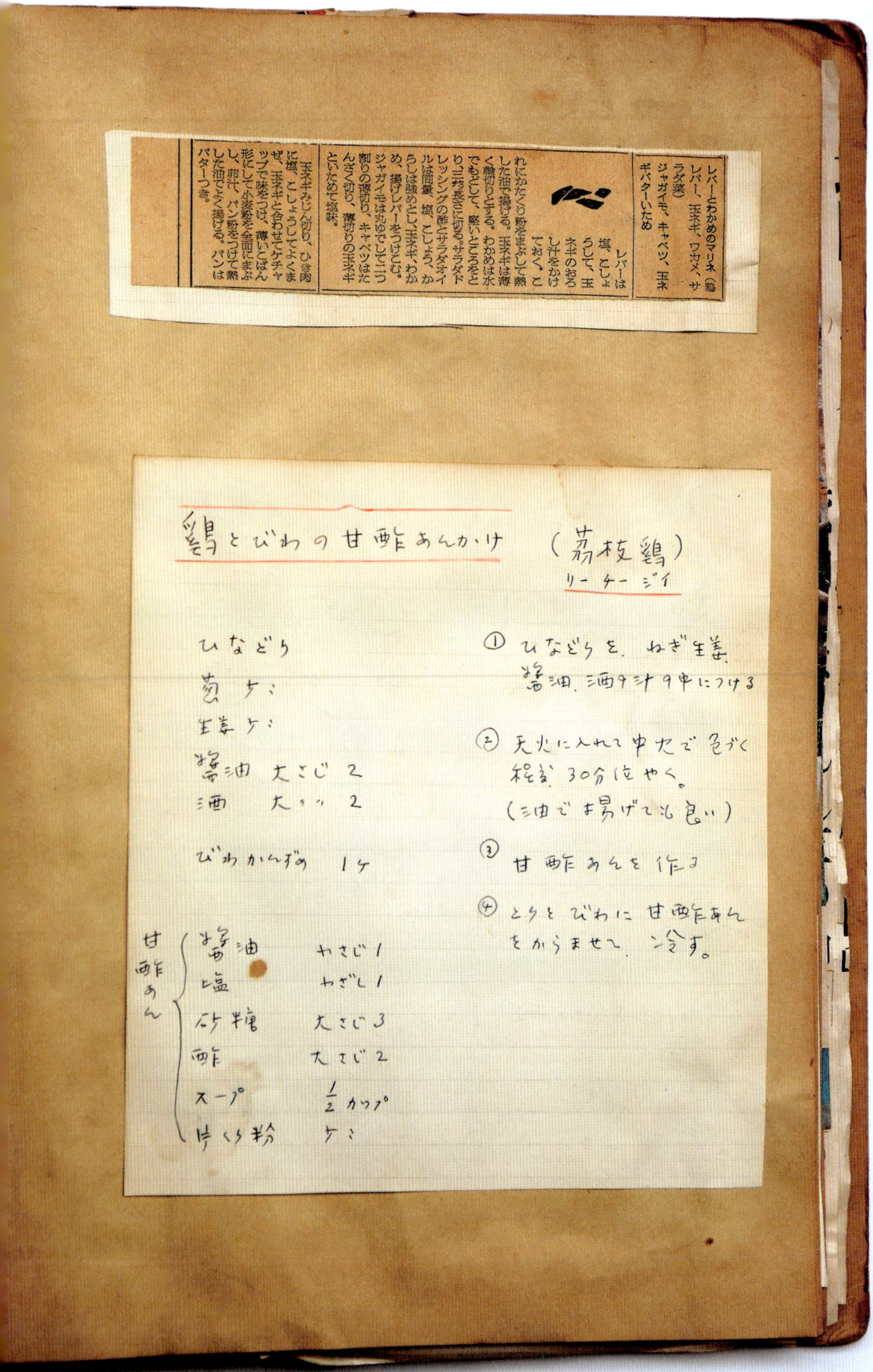

鶏とびわの甘酢あんかけ
（茘枝鶏）リーチージィ

ひなどり
葱　少々
生姜　少々
醤油　大さじ2
酒　大さじ2

びわかんずめ　1ケ

甘酢あん
醤油　小さじ1
塩　小さじ1
砂糖　大さじ3
酢　大さじ2
スープ　1／2カップ
片くり粉　少々

①ひなどりを、ねぎ生姜、醤油、酒の汁の中につける
②天火に入れて中火で色づく程度、30分位やく。（油で揚げても良い）
③甘酢あんを作る
④とりとびわに甘酢あんをからませて、冷す。

●ビワは缶詰のものを使用。下味をしっかり付けこんがり焼いた鶏、甘いビワ、甘酢あんが絶妙に合う。鶏は天火で焼くとあるがフライパンで焼いてもよい

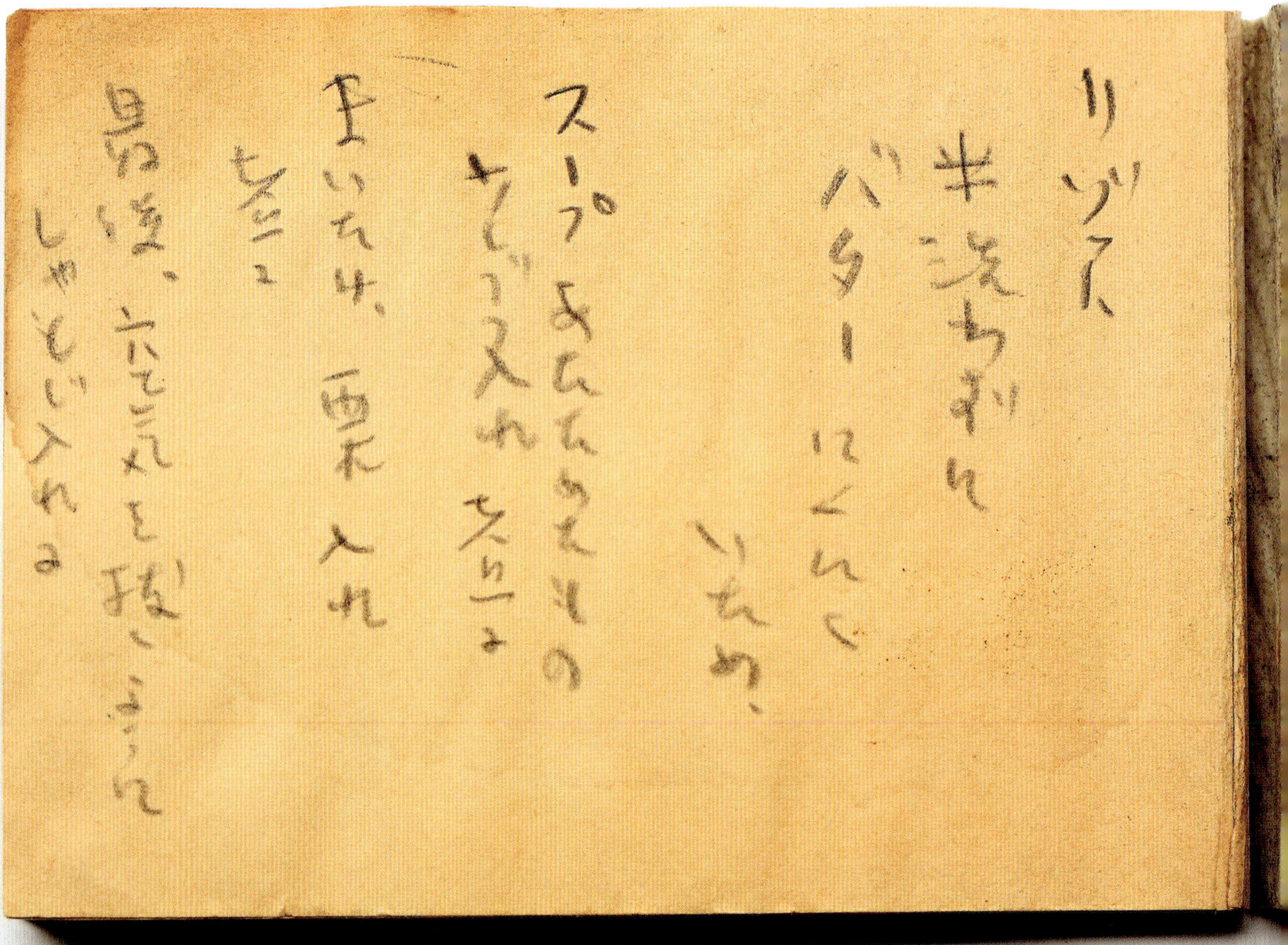

リゾット

リゾット

米洗わずに
バター　にんにく　いため、
スープあたためたもの少しづつ
入れ　煮る
まいたけ、栗　入れ　煮る
最後、空気を抜くようにしゃも
じ入れる

●メモパッドに走り書きされたレシピ。フライパンで米を炒め、スープには市販の鶏がらスープを使用。別鍋でコンソメスープなどを作り注いでもよい。煮詰まってきたらそのつどスープを足して仕上げる

野菜スープ

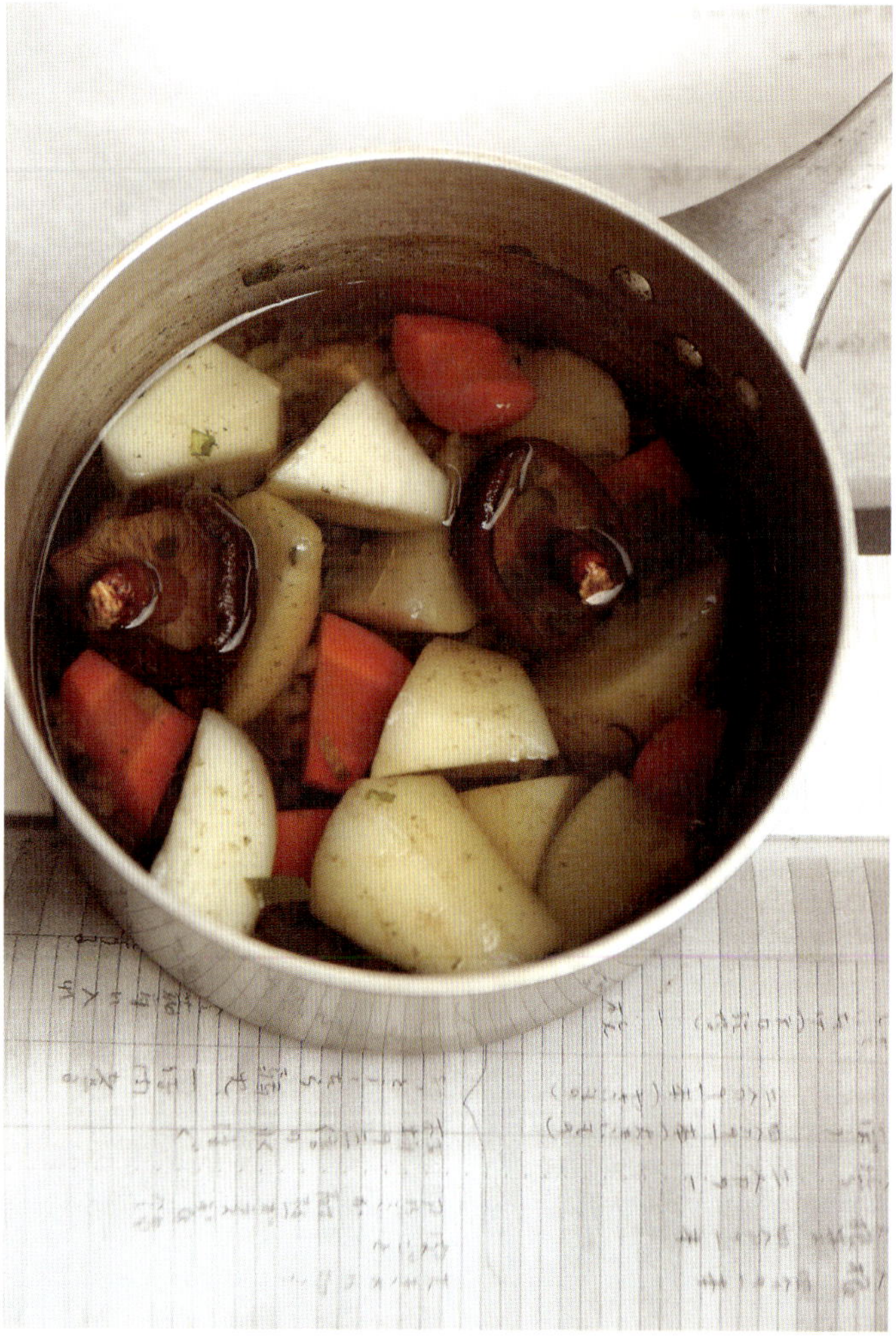

野菜スープ

大根　四分の一本
大根葉　四分の一本
人参　二分の一
ごぼう　四分の一本（大きいもの）
　　二分の一本（小さいもの）
干ししいたけ（天日乾燥）一枚

大きめに切って皮ごとアルミか耐熱ガラス製鍋

材料の三倍の水注ぐ
ふっとうしたら弱火、一時間煮る

スープを瓶に入れて冷蔵庫に入れ、二、三日でのみ切るようにする

一週間できさめ
アトピー性皮フ炎、糖尿、脳障害、がんにきく

●皮を剝かずに野菜をぶつ切りにし、鍋に分量の水を入れ一時間煮る。野菜の旨味だけの滋味深い優しいスープである。晩年、健康に配慮して作ったメニュー

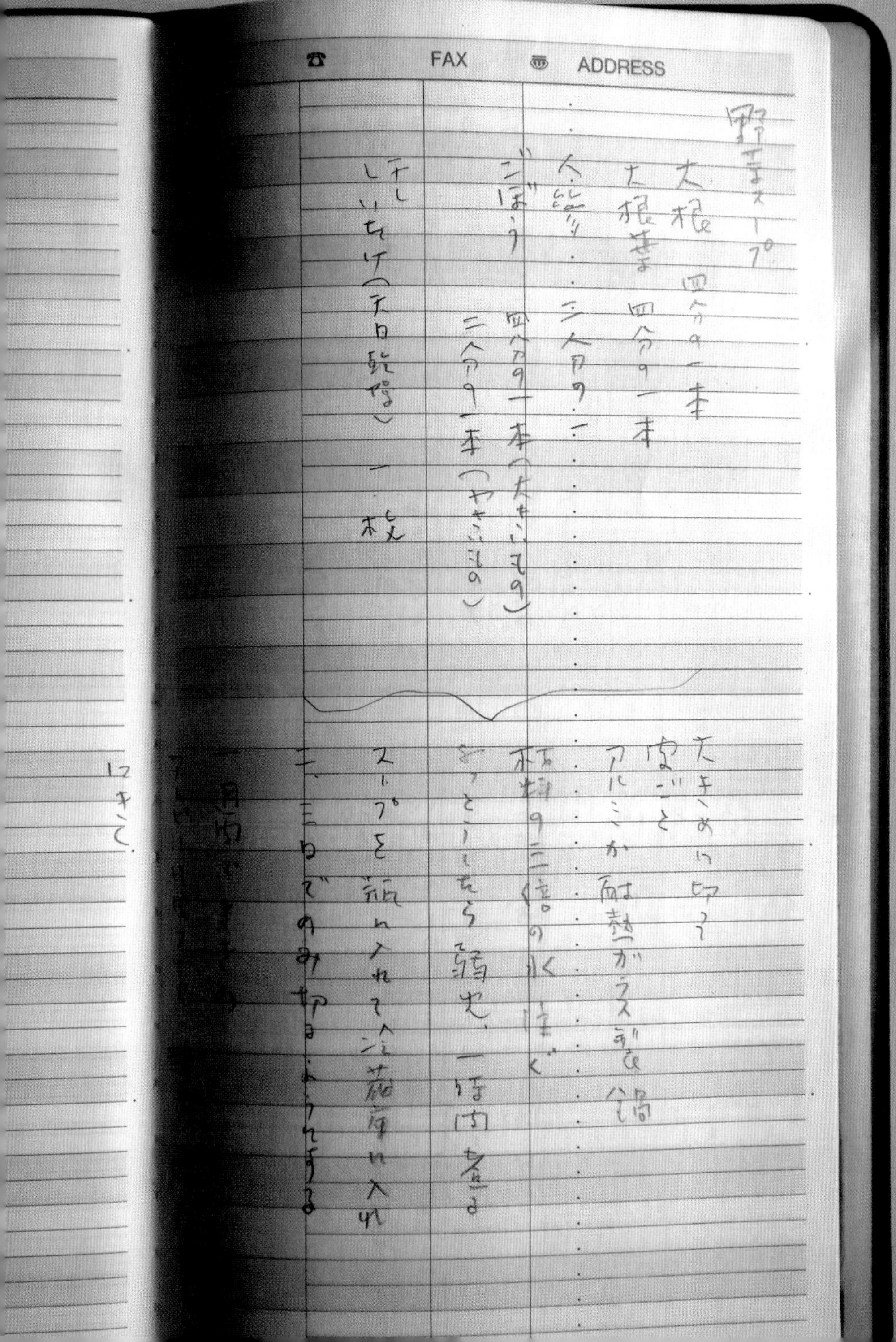

APPOINTMENTS94、に書き留められたレシピ。八十年代後半から、このスケジュール帳を日記に使っていた

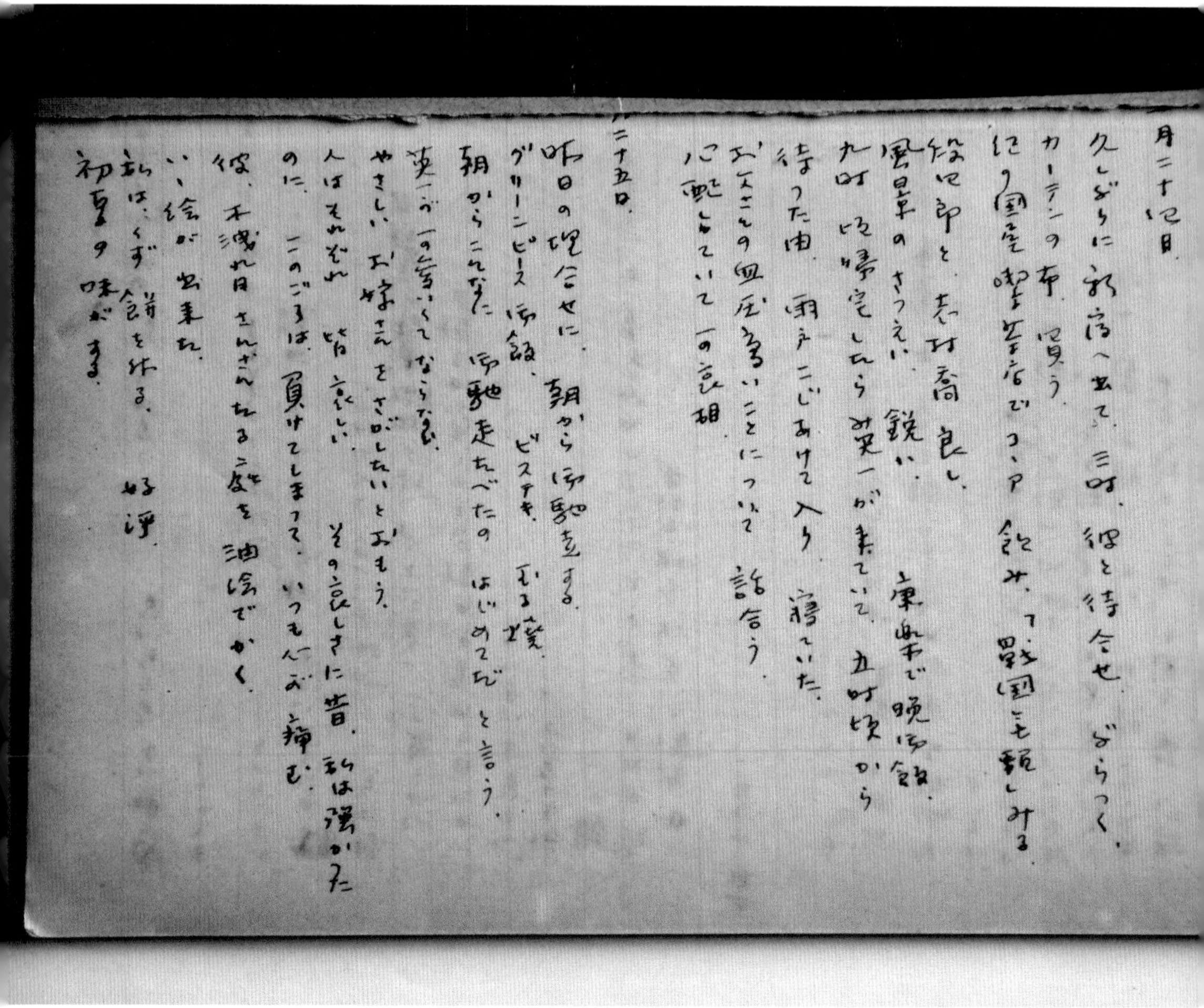
月二十四日.
久しぶりに新宿へ出て、三時、彼と待合せ、ぶらつく.
カーテンの布、買う.
紀の国屋喫茶店でココア飲み、「戦国」も観てみる.
俊也郎と志村喬良し.
風景のさつえい鋭い. 東宝で晩御飯.
九時帰宅したら英一が来ていて、五時頃から
待った由. 雨戸こじあけて入り寝ていた.
お父さんの血圧高いことについて話合う.
心配なていて一の言相.

二十五日.
昨日の埋合せに、朝から御馳走する.
グリーンピース御飯、ビステキ、玉子焼.
朝からこんなに御馳走たべたのはじめてだと言う.
英一が一の寂しくてならない.
やさしいお嫁さんをさがしたいとおもう.
人はそれぞれ皆寂しい. その寂しさに負. 私は強かった
のに、このごろは負けてしまって、いつも心が痛む.
彼、不機嫌さんざんなる二人を油絵でかく.
い、絵が出来た.
私は、くず餅を作る.
初夏の味がする. 好評.

ビフテキ、グリーンピースごはん、玉子焼き

1952年　昭和二十七年
五月二十五日

昨日の埋合せに、朝から御馳走する。
グリーンピース御飯、ビステキ、玉子焼、
朝からこんなに御馳走たべたの、はじめてだと言う。

英一が可愛くてならない。やさしいお嫁さんをさがしたいとおもう。

人はそれぞれ、皆哀しい。その哀しさに昔、私は強かったのに、このごろは負けてしまって、いつも心が痛む。

彼、木洩れ日さんさんたる庭を油絵でかく。

いゝ絵が出来た。

私は、くず餅を作る。好評。

初夏の味がする。

1972年　昭和四十七年
八月十五日　火曜　晴

暑し。

敗戦記念日なれど
とりたてての感想なし。

花森安治の説に従い、御馳走たべる日とし、ビフテキにする。

堀場さんよりお招きのTel。

衿子さんより絵葉書、
スイスのアルピグレンから。

●ステーキ肉は室温に戻す。強火で片面を焼き、頃合いを見てひっくり返す。焼き上がったらアルミホイルに包んでおくと、切ったときに肉汁が流れ出るのを防げる

8月14日

月曜　1972　昭和47　天候　晴

暑し。八時半、吉祥寺駅で整理券もらい、（69番）十一時、新幹線の切符買える。十二時近、時間もてあまし
くたくた。頭痛。
帰ってきて、キリンやびん手げ
鎮痛剤のんで、二時間
眠る。
帰ってきたYに、そんなのは
ヤクザの薬ののみかたと
叱られる。

火曜　1973　昭和48　天候　晴

朝、夕、やや涼し。
Y、夏休みをとる。九時
近くまで寝る。
Y床やへ行けども、火曜休み。
N、午後吉祥寺へ。
伊勢丹で、墨、副硯棒と
くドイツ・フランクフルターソーセージ
など買って帰る。
靴修繕も。
ひやし中華をし、うまく
できず。
夜　満月。

水曜　1974　昭和49　天候

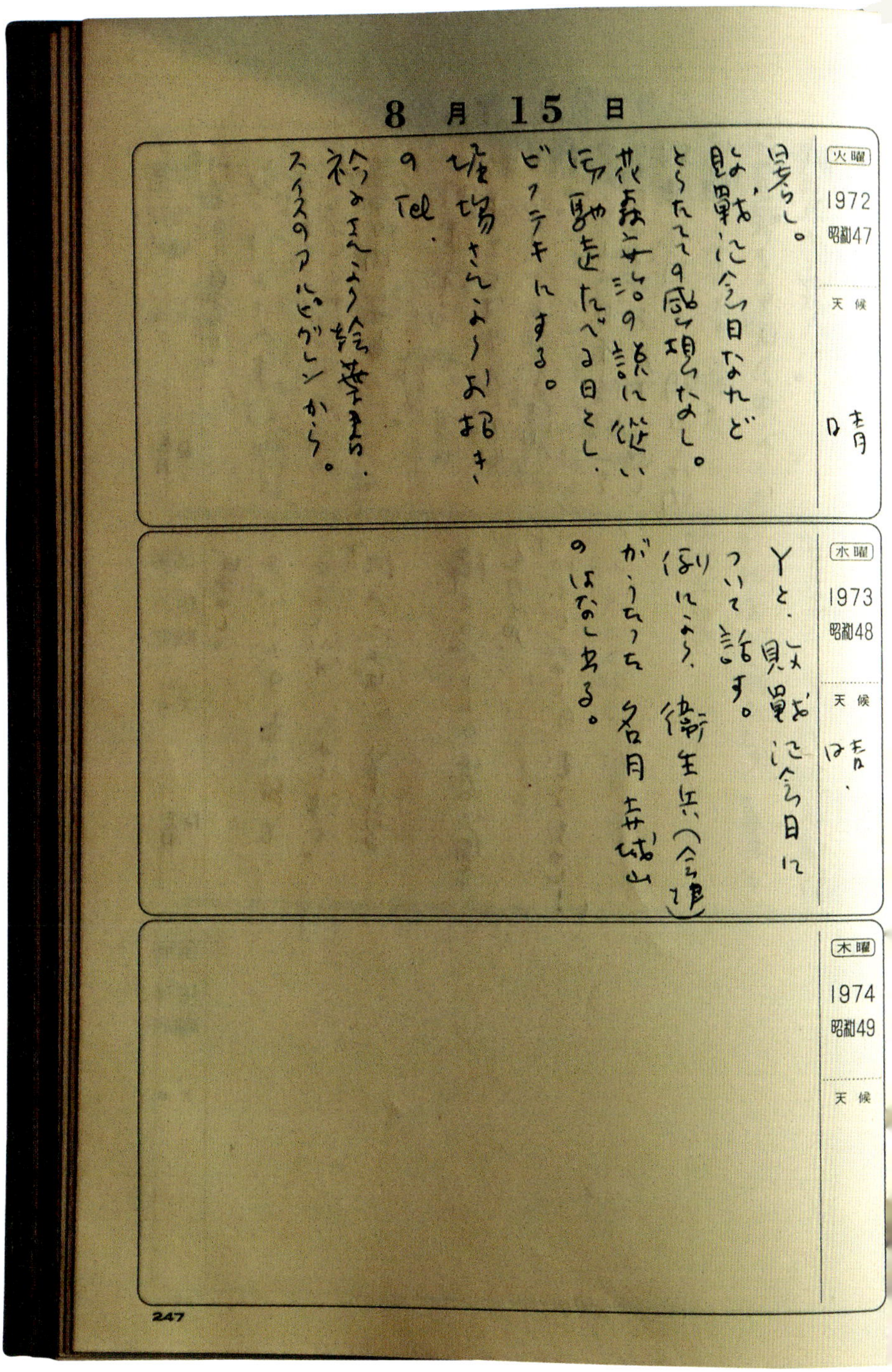
8 月 15 日
火曜
1972
昭和47
天候
晴
暑し。
敗戦記念日なれど
とりたてての感想なし。
花森安治の説に従い
御馳走たべる日とし、
ビフテキにする。
堀場さんよりお招き
のTel、
衿子さんより絵葉書、
スイスのアルビグレンから。
水曜
1973
昭和48
天候
晴、
Yと、敗戦記念日に
ついて話す。
係りより、衛生兵（会津）
がうたった名月赤城山
のはなし出る。
木曜
1974
昭和49
天候
247

Yに対してNは茨木のり子のこと。ステーキは、ごちそうとして時々食卓に。日記には、新幹線の切符購入など日常の労苦もたんたんと綴られている

上：外食で気に入った料理を、献立のヒントにすることもあった　左ページ：ぐい呑み各種。いつの間にか集まったものだろう

食堂。引戸で開閉する給仕口が台所と食堂をつなぐ。黒電話はずっと現役。壁には二〇〇六年二月のカレンダーがかかる。二月十七日に亡くなった

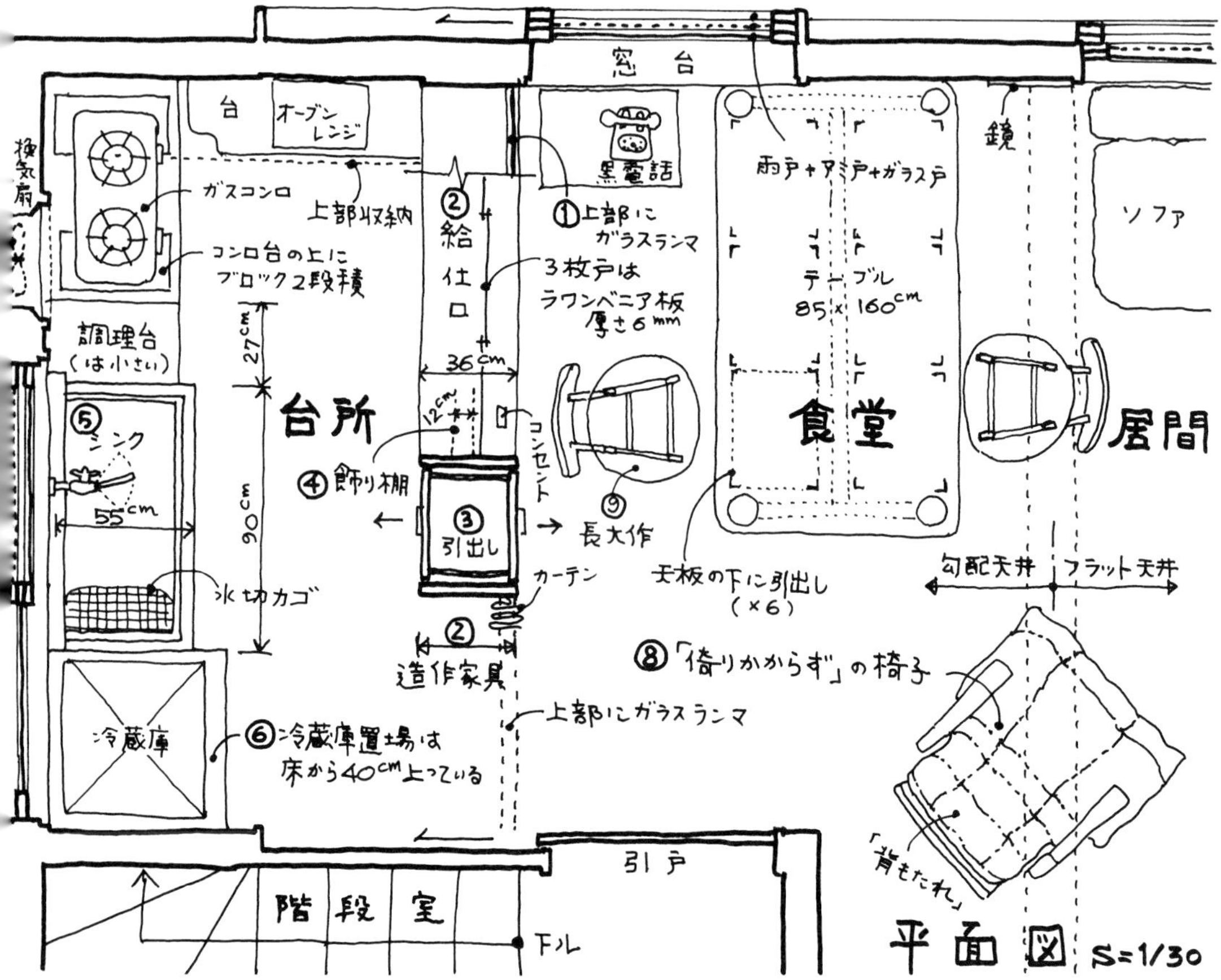

茨木のり子の台所

実測図面・文＝鈴木基紀

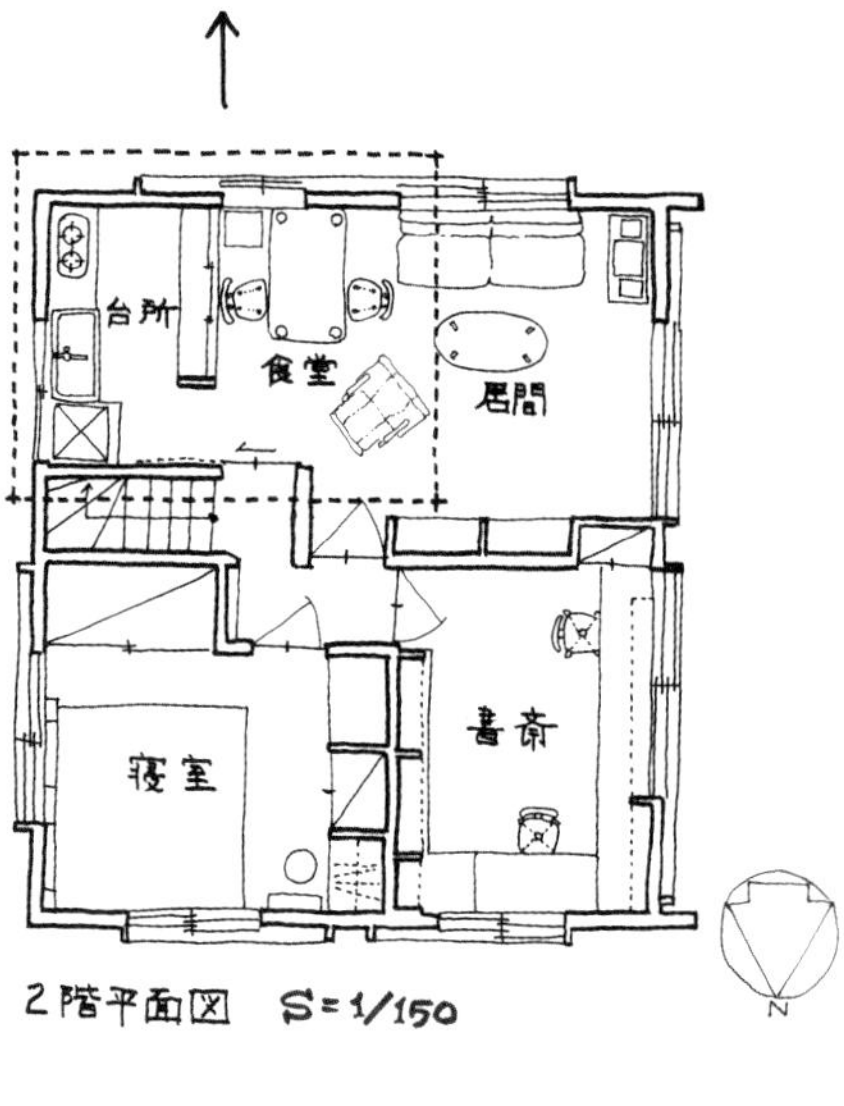

茨木邸は一九五八年に竣工している。当時、生活の中心となるＬＤＫが二階にある住宅はあまり例がなかった。また、公団住宅に「食堂兼台所」が登場して間もない頃だったから、食堂と台所を給仕口（ハッチ）で連絡する間取りもまだ珍しかったと言える。竣工後、水切り棚や有孔ボードの壁掛けなどが丁寧に追加され、使い勝手のよい台所になっている。

① 台所と食堂は、造作家具によって仕切られる。家具と天井の間には高さ35cmのガラス

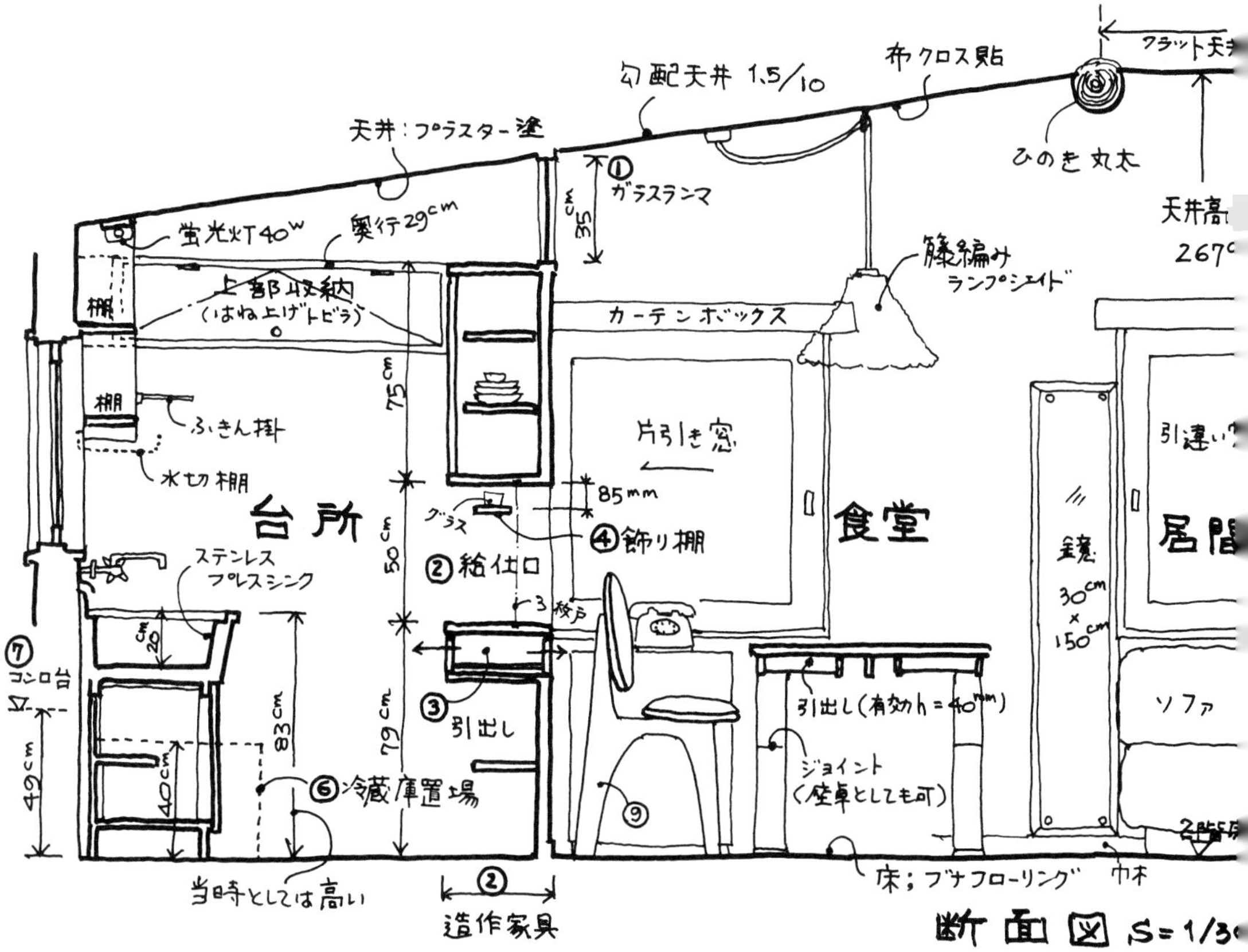

欄間があり、夕刻には勾配天井に沿って西日が台所へ届く。

②造作家具の上段は「扉付き食器棚」、下段は「四連引出しとオープン棚」、そして中段には食堂への「給仕口」がある。「給仕口」は三枚の引戸により開閉する。この戸は厚さ6㎜のラワンベニヤ板。この戸も含め、家具の全てはラワン材で造作されている。

③四連引出しのうち、一ヶ所は食堂側からも引き出すことができ、箸、スプーンなど食卓での常使いが入っている。

④給仕口の上部には奥行き僅か12㎝の飾り棚が渡されている。背の低いグラスなどが並び、給仕口を飾る。

⑤シンクサイズの幅（90㎝）は、現在のものに比べてもひけを取らない。当時はシンクの中の桶の上にまな板を置き、水を流しながら魚をさばき、根菜類を刻むことが一般的だった。そのためか、右隣の調理台は小さい。

⑥直下にある階段室の天井高さを確保するため、床が40㎝上がり、冷蔵庫置き場として利用されている。

⑦コンロ置場は高さが49㎝と低い。竣工時は鋳物コンロが利用されていたと思われる。

⑧ノルウェー製のイージーチェアは身体を包み込むほど大きく、曲げ脚のバネにより弾力ある座り心地を保つ。『倚《よ》りかからず』に登場する椅子。

⑨曲げ合板で作られたダイニングチェアは長大作によるデザイン。

上：Yとの暮しは、日記の記述や行間からもうかがえる　右ページ：台所の入り口隅に置かれた大型冷蔵庫。床から四十センチほど上がり、ちょうど使いやすい高さになっている

十二月七日　水曜　晴

Y、帰宅。

昨夜の「こそ泥」のことを話す。

鶏とレバーのバタいための夕食を食べ終ると電報がきて、「ハタ　オペ　スル」という話。秦というクランケが手術をするというしらせ。

受持患者故、行かねばならないと、すぐ又服をきてオーバーきて出かけてゆく。

ごくろうなこと。私一人ぬく〳〵寝ているのが悪いようだ。

今日は泊ってくる由。

●1956年　昭和三十一年（松坂屋製の日記帳）

一月二十二日　日曜　雪

久しぶりに雪、

樹氷を美しいと思う。

Y、病院へ一寸ゆき、帰り三越の秀作美術展をみにまわった。

帰宅後、話をきく。

野口彌太郎のヨットハーバーが一番よかったそうである。

夜、Yの買ってきてくれた蛤鍋の材料を味噌じたてにして食べる。

私は、朝日新聞の原稿に一日かゝってしまった。

一月二十四日　火曜　晴

やっと晴。

洗濯して手紙二通（美可氏、新哉氏）かいて、掃除して、お風呂に行って、買物にいって、夕食の仕度して、それで一日暮れてしまう。

とても仕事が間のびしているようだ。もっときび〳〵動きたいもの。時間のユーヅーがつくのでつい家庭にいるとだらけてしまう。

二月二十六日　日曜　晴

午後一時、英一のところへ行く。

代官山で下りて三分のところ、高崎家はとても立派な家、英一不在で三十分以上待たされる。昨日の速達とゞかなかった由、銀座へ八木さんとでかけたとのこと、銀座から電話あり。ポットでお茶を沸かし、ごちそうしてくれる。

三時頃、Yも北研より廻って来訪。たのしくだべる。四時すぎ皆で出て、渋谷のサモワールというロシア料理キッチンに行く。ボルシチと牛肉の串焼、おいしかった。Y、ビールを注文也と言い、千百円とられる。サラリーをもらって気が大きい。英一もうれしそうだったし、良き一夕となる。

夜、絵を田島宅へ持参。

三月二日　金曜　晴

朝十時、東伏見の現地で人夫頭の武田さんを待つ。一時間近くも後れて到着。しかも武田さんでなく、秋山という測量師と人夫一人なり。天野さんも子供を負ぶって現れる。

天野さんに石段をみてもらい、いよ〳〵分割登記に持ってゆくことにする。

私は人夫さんにたのんで北の鉄条網を公図どおりなおさせる。

測量師さんは、北の地主、保谷氏と会って、礎石を打つことを奨める。

帰宅の途中から猛烈な頭痛。

たおれんばかりに床につく。夕飯の仕度もできず、Yには（九時帰宅）その足で魚正へうなぎを食べにいってもらう。

帰り、おみかん買ってきてくれる。

三月二十一日　水曜　晴
Yに朝電報きて、患者わるいから来てくれとのこと、出勤。

神楽坂の原宅で待合せ、原夫妻と会う。ざっくばらんでいゝ人。

Yはじめてで樹の少いことが残念と言う。

松村さんがきれいにお掃除していってくれ、電話番号（お寿司屋、そばや）もひかえておいてくれたのをみて感動する。

帰り新宿のすゞや（民芸茶房）で夕御飯、ハンバークステーキとかきのバタ焼をそれぞれ。

今日はお彼岸の中日故、人でごったがえし。

三月二十五日　日曜　曇
朝小雨ぱらつき心配したが、その後曇。

田島さんが八時半頃来てくれる。

十時、手伝いのおばさんも来てくれ、テキパキかたづいた。

伊藤兼三夫妻も挨拶にきてくれる。

十一時半頃、トラック到着。

保井さん、田島さんに見送られて出発。

朝霞、池袋を通って、一時すぎ神楽坂到着。彼早速ガスレンヂ買いに行ってくれる。英一来訪、あんぱんとジュース持ってきてくれる。本当にいゝ弟。葛寿司よりにぎり寿司とって、この家ではじめての夕食。七時、英一帰る。お風呂に行って、夜、庭より夜景をみる。

三月二十六日　月曜　雨
今日になって雨、昨日でなくて助った。
一日、書斎、納戸、台所かたづけ、やっと住いらしくなった。
夜、すき焼にする。
ガスのありがたさに涙こぼれるほど……。
Y、夜、フランス語の勉強を書斎ではじめる。
英一より電話。

三月二十七日　火曜　曇
午前中、鈴木さんのおじいさんと、米屋にゆく。洗濯やなども教えてもらった。
三菱銀行へ行き、梅の貯金をし、郵便局の貯金の方は、住所変更してもらう。
お風呂に行って、台所ととのえ、糠づけもつくる。
また新婚気分になる。
夜、にしんのあまから煮、蛤の味噌汁、昨日のすきやきの残りでたべる。
神楽坂は、お寿司屋の多いことゝ、魚屋のいきのいゝことがうれしい。

三月三十日　金曜　雨
新宿へ買物に出る。
玄関のベル、花むしろ、洗桶など伊勢丹で買う。
おひる英一の所へ幕内べんとう作って持っていってあげる。

勉強に専心していた。漬物をよろこんだ。帰りフルーツポンチを、えびすで御馳走してくれた。

夜七時頃、朝日新聞の安西均氏訪問、すっかりどぎまぎしてしまう。折角雨の中をきて下さったのに殺風景なおもてなしでかなしい。朝日の自動車で、赤い社旗がついていた。十分位で帰られる。Y、当直。

三月三十一日　土曜　曇
隣の鈴木さんに、表玄関の鉄条網とりのけてもらい、ベルをつけてもらう。

見違えるほど良くなった。

夕刻帰ってきたY、気づくかどうかと危ぶんだら、目ざとくみつけ、表玄関のベルをならした。

夜、いかのおさしみ、厚揚の煮付にする。いかのおさしみ、二人前百七十円もしたけれど大変美味。

土曜なればY、オール讀物買いに出る。

七月十四日　土曜　晴
Yと新橋駅で待合せる。

森永でお中元にビスケットやヂュース、カステラなどくれたので、それを荷物あづけにあづけ、日劇をみる。トニー谷、越路などの夏のおどり。

終ってピルゼンでビールのんで、これがパリ祭ということになる。

帰ったら英一より電話、枕とシーツよろこんで「あんまり驚かすなよ」と言う。

七月二十二日　日曜　雨
午後一時、この家で櫂の会。

川崎さんの妹、春子さん、的場書房の北川さんなどまじえ、主に詩劇集出版のことについて相談。

水瓜、ジュースなど出す、水尾さん、パイナップルの冷菓をおみやげに下さる。

テープで〝海について〟(川崎氏作)をきく。まことに前衛的作品。夕方からYも加わり、大岡、舟岡両氏の珍論争もあったりで大変にぎやか。夜、雷雨となる。散会、九時近く。

七月二十三日　月曜　晴
安西さんに試写会の切プもらって「殺意の瞬間」を第一生命ホールにみにゆく。ギャバンのコックうまいので食欲シゲキされる。
内容は、一応おもしろくみせてあるが空疎。
ピポー叢書の丸元淑生さんから、来年でもいゝから、ぜひ詩集をという返事がくる。

八月四日　土曜　晴
午後三時、牟礼慶子さん遊びにくる。ポロシャツを着て、お化粧してないけれど、きれい。とりとめなく詩の話をしてたのしい。Y、夕方帰り、森永の特売、スエーデン風のアイスクリームを買ってきてくれた。
丁度よく、三人で食べる。牟礼さんから高野の桃をもらう。

●1966～1968年　昭和四十一～四十三年（三年連用・博文館当用日記）

1966

一月十三日
木曜　雨
Y、今日も病院休む。鼻が出て、苦しそうである。武蔵野郵便局へ行き、帰り買物して帰る。
夜、我が家ふうの、うどんすきにして栄養をとる。

一月十八日
火曜　晴
髙島屋へ駅弁まつりなるものを見にゆく。
評判よくて凄い混みよう。おしゃまんべの「かにめし」、横川の「釜めし」などは整理券もらって行列しないと買えない。
私は、ます寿司二個、米子のかに寿司など買う。英一の五周年記念の贈物も探すが、これといっていゝものなし。

1967

一月十三日
金曜　晴
午前中、日本の歴史「元禄時代」をよむ。
大雅の一時代前を知りたくて。
お金の換算法などいくらかわかる。
美可ちゃんより小包み、ソックス、ピーナツ、しそ巻等、御恵送。
夜、おでん、小鍋仕立てにして、出すとY喜ぶ。

一月十八日
水曜　晴
十二時、よしちゃん来訪。なべやきうどんを御馳走する。（手製）
よしちゃんより「空也もなか」を貰う。
一度たべてみたかったものなので、おいしく賞味する。
大いにだべって四時帰らる。
今日も水道屋こず。
水道管破裂続出のためか。

1968

一月十三日
土曜
朝早く、星さんに紹介してもらった植木屋の小林さんきてくれる。
泰山木、いぼた、の刈りこみ、いちじく、ひいらぎの整理、紅梅の移しかえ、一日がかりでやってくれる。
無口ないゝおじいさんと、Y、よろこぶ。
二千二百円也。

一月十八日
木曜　晴
騎馬民族国家（江上波夫）を読む。
実におもしろい。（中公新書）スキタイ、匈奴、突クツからときおこし、気宇壮大。古事記、日本書紀に照しあわせてうなづけるところ多し。
佐世保騒然たり！
学生さかんなる活動。

疲れて三時すぎ帰宅。
日本テレビの牛山さんより電話あり、
明日会うことにする。
夜、ます寿司で夕食。

三月二十日
日曜　晴
今日と明日、連休。
Yと一緒に井の頭公園に散歩にゆく。
桜はほんのちらほら。
こぶしの花がきれいだった。
帰り、磯巻を買って、家で昼食。

三月二十六日
土曜　晴
さむい。
Y、病気になった年ととても似ている。
12時半、ユーハイム横でYとランデブー、ドッキング成功。
新橋の王府《ワンフー》を探してゆく。五百円のランチを食べたが、おいしくない。
暮しの手帖で中華料理の指導をしていたひと、また週刊朝日で山本嘉次郎推

三月二十日
月曜　晴
水尾氏にTel。
吉沢忠氏、目下多忙にて、四月にならないと会えないとのこと。
Yは、今日当直。
朝より、南画研究、四さつよみ、大雅ひきつづき書きはじめる。
夕食、天丼をとって夜までやりつづける。

三月二十六日
日曜　晴
風ひとつない美しい快晴。
昨夕作っておいたお弁当を持って深大寺植物園に行く。のりまき、赤飯のおにぎり、鶏ももやき。おみかんのメニュー。
梅林の美しさ、心の底からの歎声！
白、ピンク、紅梅まぜあって桃源郷のおもむき。

三月二十日
水曜　曇
お彼岸で休日、Yと共に御岳へ行く。
多摩川べりでいなり寿司をひろげ、川添いに沢井駅まで、約半里ほど歩く。
水が五十鈴川のように澄んでいる。
寒山寺を経て、沢井駅近くの運慶院の梅林絶佳なり。歎声をあげる。
来年もぜひきたいとYと語りあう。
三鷹へ出て塩瀬のおはぎと抹茶買って帰る。

三月二十六日

賞の店だったので、ひかれていったのだが……。
東横で焼却炉をおもいきって買う。

六月十二日
日曜　曇
私の誕生日。
吉祥寺へＹと出て、京樽のお寿司買ってくる。
ばら（クインエリザベス）も買ってくる。
プレゼントはないが、そのうち靴を買ってもらうことにする。

八月二十八日
日曜　晴
午後、野村洋服店に行き、Ｙの合服（紬）の仮縫い。まだわからないけれど、格調のある背広になりそうだ。
今日はＹの誕生日。先日、椅子のプレゼントをしたので、今日は御馳走せず。

朝永振一郎氏、夫妻で散歩している。
彼の風姿、南画中の一人物のごとし。
Ｙとともに、よき日曜日をよろこぶ。
二時すぎ帰宅。

六月十二日
月曜　晴
母上とクラス会の人たちは十国峠へ―
私、仁、中谷さん三人で芦ノ湖、スカイラインを通って湯本へ―
ロマンスカーで新宿まで。仁はいい子のような、わるい子のような……
小田急デパートで、リモコン自動車買い、帰宅。ぶじにつれてこれてほっとする。仁のスリッパ、サンダル買いに東伏見迄―。手をつないで歩いていると、まったく不思議な気がする。
夜、きじやき丼。母上も六時すぎつく。

八月二十八日
月曜　曇
むしあつい。
Ｙ、疲れたと、夏休みをとる。
金子光晴、貘さんの原稿に写真をはめこんでゆく。大変な仕事なり。
Ｙ、誕生日。
昨日の「武蔵野」でごちそうたべたの

六月十二日
水曜　晴
私の誕生日。
突然、常ちゃんよりTel、御招待される。
11時伺い、うなぎ、ビール、数々のお手製料理頂く。
一枝さんも、しっとりとした若奥様、もうおめでたとのこと。
写真など沢山拝見。
帰り、「いずみ」で民芸品少し買う。
Ｙ、柏水堂のモカババロワを買って帰宅。そのこころざし、うれしくおもう。
藤野さんよりもTel、ありがたし。

八月二十八日
水曜　曇・雨
Ｙ、誕生日。
二〇度の涼しさ。
安楽椅子と四七一一のプレゼント、先にしてしまったので、今日はふつうの御馳走。
ソ連兵、プラハより国境近くまで撤退

ビール、鶏のももやき、あじ南蛮漬で夕食。
たこちゃんよりTel。
御主人「肺えそ」の疑いあるとのこと。困った。

九月十九日
月曜　曇
Y、頭痛で休む。
私は一日中、金子論のまとめ、三十二枚となって、なんとか収まる。
あーあァ、あァ、あァ！
昨日からの緊張と重なってへとへとなり。

九月三十日
金曜　晴
二時、装苑の江島さん、関口さん来訪。二年半続いた装苑の巻頭詩、これでおしまいになるので、お礼に伺ったとのこと。すてきな手織の紬地を頂く。原稿渡して、一寸感無量なり。
江島さんはミニスカート、腕輪、白い靴下というファッションぶりなので、隣近所の子供たち、びっくりしてみている。

で、今日はビフテキだけ。
Y、一日家にいたせいか、ビフテキ残す。ぶどうのババロワおいしがる。

九月十九日
火曜　晴
昨夜の雨でお月見もできなかったが、
Y、当直あけゆえ、栗ごはん、きす、てんぷら、こんにゃくみそ煮などつくる。久しぶりの晴天で、洗濯、ベッドメーキングと疲れる。
Yと一本のみ、うらげる。
気がつけば十六夜の月もみなかった。

九月三十日
土曜　雨
友竹みどり夫人来訪。
栗御飯、コーンサラダ、ライチイチヂイの御馳走をする。
とてもおもしろく、気持のいゝ人で、たのしかった。
Y、当直

す。

九月十九日
木曜
満田氏来訪。
現代詩文庫の作品論の件、ひきうけてくれる。ありがたし。

九月三十日
月曜
新宿へ出て、よしのやで靴を買う。
常木さんより新潟の二十世紀とどき、おいしい。
蒲田の昭子さんに、結婚祝に、スカーフ二枚、伊勢丹で送る。

十二月九日
金曜
紀元節、本ぎまりとなる。建国記念日として……あれほど反対あったものを……。
審議会から二月十一日と答申された。菅原通済などというふざけた人が会長なのだ。
痛憤にたえず。
ボーちゃんもらってきてくれた。二十万なので、とたんに紀元節の不愉快さけとばす。
Yと、ともども語りあう。

十二月三十一日
土曜　晴
おだやかな大みそか。
Y、散歩、
N、掃除、
五時、食膳につく。

口取り、鯛南ばんづけ、煮〆など。

白鷹三本のんで、Y、ごきげん良。紅白歌合戦を罵倒しつつ、最後までみる。

お風呂に入って就寝1時半。

来年の大晦日、お正月は京都でやりたいと話しあう。

十二月九日
土曜　晴
夜、安西均氏よりTel。奥さんも出て、本、良かったと、ほめてくれる。
うれしい。安西さんはウイスキイ一本半あけたところとか、ややロレツまわらないかんじ。
水尾さんからもていねいな手紙。

十二月三十一日
日曜　晴
Yと共に掃除器ふりまわす。焼却炉でぼんぼんもやす。
五時食膳につく。
　鯛南ばんづけ、
　口取り、
煮しめ、
　えびサラダ
白鷹三本のんで、まずは良い年夜。
山本安英さんよりTel、ぎっくり腰を案じてのお見舞で恐縮す。
紅白歌合戦、つまらないと言いつつ見

十二月九日
月曜
Y、ボーナスもらってきてくれる。
二十四万円也。

十二月三十一日
火曜　晴
朝、Y、八時に、やたらに起す。私が「もう少し寝せて」という反撥。
Y、むくれる。一日起きず。状態わるくなるばかり。
私一人、大掃除。

きのう風邪をひろったか気分すぐれず。

年夜の膳も通夜のごとく、Y、むくれて寝る。紅白歌合戦もつまらなく私も10時床につく。

前代未聞の大みそかとはなり終んぬ。

終る。

就寝12時半。

●1969〜1971年　昭和四十四〜四十六年（三年連当・博文館当用日記）

1969　昭和四十四

一月二日
木曜　晴
N、熱九度までのぼる。
完全に香港風邪なり。
Y、抗生物質の薬買ってきて、のませてくれる。
頭もひやしてくれる。

ひどくくるしい。

1970　昭和四十五

一月二日
金曜　晴・曇
六時起床。

九時東京を発して鎌倉へ―

さしてまだ混雑していない鶴岡八幡宮はすがすがしい。熊手と絵馬の小さいのを買う。

「げんぺい」という店でコーヒー。「静」という店で一輪ざしを求める。由比ヶ浜を歩いて「大海老」で和倉定食、伊勢えびの生きづくりがおいしい。

北鎌倉で円覚寺をみて「門」でコーヒーのんで帰る。鎌倉のコーヒーはいづこもおいしい。

帰宅六時半。

1971　昭和四十六

一月二日
土曜　晴
六時起床、快晴。

八時、家を出て、九時東京発、鎌倉へ―

鶴岡八幡宮で熊手を買う。

「げんぺい」でコーヒー。

小さな店で枯草地蔵（四〇〇円）、小箱を買う。由比ヶ浜郵便局の横から「大海老」へ出る。ピラフ付えびフライの昼食。

海蒼くおだやか。

歩いて長谷寺へ―

次に大仏へ―
Y、初めてで興がる。
帰宅五時半。

三月二十六日
水曜　晴

母、仁、治、十三時五分着。三人ともすごく元気。「待ったよ」と言うと、治うれしそうな顔をする。（初上京）

仁が羽田をみせてやりたいと兄貴ぶるので、そのまま羽田に直行。

晴れていい天気、二人とも大はしゃぎ。

帰宅四時。

いいむし、フルーツサラダ、おみやげの土筆と菜の花のおひたし。

わが家、一変ににぎやかにあふれかえる。

四月十五日
火曜　晴

詩集11さつ送る。

髙島やに行き、暮しの手帖のアイロン台（ハイロー）を買う。三越に行き、脚立買う。家事室の寸法を前もって出すため。石黒紀子ちゃんに、ガーゼのかけぶとん、枕、お祝いに送る。

くたくたになって帰る。

さ・え・らに、「伝記とは」一枚送る。

四月二十五日
金曜　晴

三月二十六日
木曜　晴

新哉さん、朝九時帰られる。

一日、母とだべる。

星さんにTelする。秋圃さんは今日、国立高校の入学試験とのこと。

今回は、母、寿美子さんと会わずに帰ることにする。

夕方、お手製のおいしいシュークリーム頂く。

四月十五日
水曜　晴

洋裁。

ネグリジェ縫いあげる。

「うた・うた・うた」くる。アテンションプリーズの「私が一番きれいだったとき」の曲が出ている。

夜、鮭の大根だき。

暮しの手帖によったものだが、Y、納屋汁のごとしとよろこぶ。

四月二十五日
土曜　曇

三月二十六日
金曜　晴

十二時二十五分着の吉田組三人を東京駅に迎える。母、仁、治、みんな大元気。
すぐ浜松町へ出て、世界貿易センタービルへ。展望台あり、天気で視界きわめて良好。吉祥寺のターミナルエコーでミニカーなどの買物。
夕食　鶏のももやき
　　コーンサラダ
　　スープ
　　苺パフェ
てんやわんや。

四月十五日
木曜　曇

寒い。
11時、節さん来訪、
ひるピザパイ、
夜、ビフテキにする。
Y、当直あけで帰る。
繁枝さんのこと、現状維持ということに、三人で話しあう。詩学の嵯峨さん宛、詩「こわがらない」を発送。

四月二十五日
日曜　晴

嵯峨信之、長江道太郎、長島三芳、各氏より詩集礼状とどく。
ありがたくおもう。昔のひとは、えらいものだとおもう。

七月九日
水曜
六月二十四日より西日本一帯に大雨をふらせた雨は、東北地方までひろがり、被害は37県に及ぶ。
死者80人
行方不明者8人
負傷者 1 7 3 人

七月二十七日
日曜 曇
渋谷「有職」で、ちまきずし受けとり、10時半、ハチ公前で川崎さんとドッキング成功。彼の車で家まで—。
櫂の会、
谷川、水尾、吉野、嵯峨、飯島、友竹、大岡夫妻、集る。12時—10時迄歓談、ちまきずし、よろこばれる。
つめたい料理も—
コーンサラダ、玉子豆腐、もやしの中

Yと新宿の伊勢丹横でドッキング。
中村屋で、えびフライの昼食。（民族レストラン）
小田急デパートで「弥生人展」をみる。きわめておもしろいが、人数の多さに、へきえき、むんむんする人出。

七月九日
木曜 曇
半月弁当の箱にしそごはん、
玉子焼、
牛肉つくだに等つめて、Y用の夕食に。
夜、ＹＭＣＡへ—。

七月二十七日
月曜 晴
思潮社へ高良留美子詩集「見えない地面の上で」書評送る。
阪大アルバムへ二人の写真送る。吉祥寺富士銀行でさまざまの手続き。
絢子さんより万博みやげの、ゾリンゲンの鋏とどく。切れ味の良さ、小気味いいばかりの台所用鋏、わかめ等切って悦に入る。

Yと神代植物園へ—深大寺でおそばたべる。はなみずき、白、紅、ともに美しく満開。ドッグ・ウッドと言い、ポトマック河畔に日本の桜を植えたの御礼に、アメリカより贈られたものと知る。東洋的な花。

七月九日
金曜 晴
11時、紀伊國屋で嵯峨さんに会い、研究会作品、返却。
強烈な暑さ。
伊勢丹で、L版ワンピース、白スカート、食品買って帰る。
嵯峨さんに、服装、地味と言われる。

七月二十七日
火曜 晴
Y、夏休みをとる。
丑の日で魚甚のうなぎ、二人前千五百円に値あげになった。
しかし、どこにも比べられない、いい味。

華風、前菜、とりのまきあげ。
櫂　号もらう。
大活躍なのに、今日は少しも疲れない。

十月六日
月曜　晴
梅棹忠夫著「知的生産の技術」をよむ。得るところ多し、私もカードを使ってみようかとおもう。
吉祥寺、銀行行。
夜、栗ごはん、おいしくできる。
「秀吉と利休」よむ。（野上弥生子著）

十一月二十日
木曜　雨
風邪気でつらいが、おもいきって、YMCAのダンスにゆく。
サンバ、たのし。

十月六日
火曜　晴
実に久しぶりの快晴。
三越へ「大ヴェルサイユ展」みにゆく。つまらなし。
フランス展もあるが、買いたいような雑貨品なし、籠一つ買う。
夜七時より紀伊國屋ホールで長田弘の「箱舟時代」をみる。劇団三十人会、なかなかおもしろかった。台詞が明晰でよし。
Yの眼、良し。

十一月二十日
金曜　曇
土佐林さんにTel。
絵、買わないことを伝える。
今度は私にたのまれて、五万円くらいならとしか言えない。
断るのは、ゆーうつなものだ。悶々。

十月六日
水曜　曇・雨
パーマをかける。
石橋由美さんの結婚式も近いため。
かけたては、いつもいやになる。自分の髪でないようで。
夜、くり御飯、
おいしく炊けて、Yよろこぶ。

十一月二十日
土曜　晴
上天気、一時半吉田発。（母、絢子さん、仁・治、私）名古屋でYへのおみやげにいいセーターを買ってもらう。
近鉄で賢島迄、六時着、志摩観光ホテル、新装になったが、なつかしい。
生がき、ブイヤベス（伊勢えび入）などのコース。特に伊勢エビのチーズ焼をたのみ、白葡萄酒メルシャン二五〇

十二月九日
火曜　晴
中谷千代子さんとデイト。
赤坂に新しく出来た「東急プラザ」の探訪。バリー（靴）とか、その他外国の商品がずらりと並び、高いことも驚くばかり。
ちい子さんにいろいろと教えてもらう。
「イソップ物語」、再版された「ジオジオのかんむり」など頂く。

十二月二十九日
月曜　晴
Y、朝、気分よく起る。
二人でベッド干し。
Y、荻窪へ貝（蛤）を買いに。マーケットになかったと、かきを買って帰る。
かきの土手鍋。
私は掃除、洗濯で日が暮れる。

十二月九日
水曜　晴
午前中、洗濯いっぱい。
午後、富士万に買物。
夜、さつま汁
　鯛の野菜あんかけ

十二月二十九日
火曜　晴
11時、家を出て、Yと和光へ——。手袋さがすが良いものなく、松屋で買う。工芸で、夏のフリーコート用の生地買う。
渋谷の東急本店デパートへ出て、コート・ダジュールで夕食、二人だけの忘年会。
ピンクワイン
オニオンスープ

円の小びん、うやうやしく出され、おかし。皆、大満足。売店の真珠などみて、十時半休む。

十二月九日
木曜　晴
フォーク・ソングの小林啓子さんよりTel。
「はじめての町」もち歌として歌ってゆきたいが、五分かかるので、なんとか四分ぐらいにちぢまらないかとの依頼。
礼儀正しい、感じのいいお嬢さん、承知する。

十二月二十九日
水曜　晴
九時四〇分発、橿原神宮行、近鉄特急にのる。五〇分で着、車で甘橿丘迄（六、七分）。
そこでタクシーをすて、丘にのぼり国見。
飛鳥寺、入鹿首塚、岡寺、酒船石、石舞台など歩きつつみてたのし。
百聞は一見にしかず、飛鳥が蘇我氏の本貫であり、天智天武朝は、それを乗

舌びらめのクリーム煮
サラダ
すばらしくおいしくて大満悦、帰宅七時半。

っとったとしかおもわれない。橘寺などはまたのこととし、二時四〇分の特急で京都へ—
錦小路をみて、俵屋へ—部屋は松籟。

●1972〜1974年　昭和四十七〜四十九年（博文館・三年連用当用日記）

1972　昭和四十七

一月二日
日曜　曇・晴
朝、風邪と氷雨ぱらつく。
Yのぎっくり腰もあり、今日は鎌倉行とりやめ。節さん交え三人で雑煮を祝い、一日こたつでだべる。
Y、ベッドに多く居る。
私賀状書き、ポストへ—親せきのみ。
夜、新しく始った新平家をテレビでみる。

1973　昭和四十八

一月二日
火曜　雨・晴
Yと八時半、鎌倉へ—雨もよい、人出すくなし。「鳥居」は休み。
熊手、お守り買う。
大海老で昼食、
車海老フライ、
ピラフ。
四時帰宅。
牛乳と果物で夕食抜く。

1974　昭和四十九

一月二日
水曜　晴
起床九時、今年は鎌倉へ初詣でに行かず。
Y、朝酒に酔ってオイホーリッシュとなる。ドイツ語で陶然の意なりという。
午後、井の頭公園へ—餅腹のための運動、モカでコーヒー。しゃれたカレンダー買う。
夜、おかゆであっさり。
ミヤコ蝶々の「京で上りの夢の旅」をおもしろくみる。

一月十六日
日曜　晴

一月十六日
火曜　晴

一月十六日
水曜　晴

九時起床。朝日さしこむ居間で、Yとこたつに入って、ゆっくり朝食。

晴れて、北風強し。

洗濯。

夜、うなぎ丼
ガスの元せんしめに出て、南の空に、オリオン、スバル、シリウスなどのハッとするほどの冴えたまたたきを見る。

久しぶりの感動。

雨と風でスモッグ吹きはらわれたためか。

一月二十日
木曜　晴
万葉集歌再読

二月十二日
土曜　晴
11時、水尾和子さん来訪、1時すぎ、友竹みどりさん来訪。
うどんすき、菜の花からし酢、いいむしなどの昼食、おいしがって皆食べて

「女の言葉」書きつぐ。

一月二十日
土曜　晴
午前中、原稿書き
□□。
Y、一時帰宅。
昼、ぎょうざ
　笹まき

二月十二日
月曜　晴
三時、吉野氏来訪、にごり酒（月の桂）を用意、一本進呈、一本買われる。
茶めし、田楽で御馳走、よろこばれる。
家を購入されたのが、いつまでもたた

伊藤ゆきさん宛、香奠五千円と手紙を添え、郵送。

インドネシアのジャカルタでも田中角栄帰れの烈しい学生デモ。市中は戒厳令に等しい外出禁止令、日本製の車焼かれ、商店なども破壊さる。

NHKテレビで長野特派員（中谷千代子氏実弟）の報告あり。反日熱の強さにいまさらながら日本人も驚くといったてい。

一月二十日
日曜　晴
朝八時、デジタル時計の消しかたについて、私の言ったこと、Yのカンにさわる。
Y、一日起きず、いちごミルクのみ。
夕食、いちごミルクのみ。かなしい。

新聞、雑誌の切り抜き、手紙かき。

二月十二日
火曜　晴
受験で上京の純子ちゃんのための準備、いろいろ忙し。
書斎掃除、ふとん干し、ライスカレーのスパイス買い、銀行行きなど。

下さる。話がはずみ、夜九時迄。
先日のライスカレーの作り方をみどりさんに教えてもらったり、たのしい一日。
Y、当。
紅梅二、三輪咲く。

三月二十三日
木曜　晴
終日金子論、大詰。
新人物往来社の木村氏、金子さんの写真を借りにくる。
「若き日の金子光晴」という本が出るらしい。

四月二日
日曜　晴
Y、井の頭公園へ花見、さくら満開であったよし。
父の命日、Y、鶴屋八幡の和菓子買ってきてくれ、すみれを供えて拝む。
夜七時より稲村家通夜、五時より手伝い。ちょぃちょぃ戻り夕食の仕度、
筍ごはん、蕗煮つけ、えびフライ。
八時頃迄、近所の人々と一緒に手伝う。

るらしく、大変だろうとおもう。

三月二十三日
金曜　曇
吉田よりTel、
吉田組、春休み旅行について。
家の掃除。
まったくあわただしい。

四月二日
月曜　曇
父、命日。
Y、柏水堂のベビーシュークリーム買ってきてくれる。
すみれ飾り、拝む。

三月二十三日
土曜　晴
小川軒で、律子さんの卒業祝、Yと三人で。ファミリーコース、この間まで一人前三千円だったのが、四千五百円となる。パルコをみて帰る。
律子さんに「ほんとうにお世話になって、のり子さんの手料理もいつもおいしかったし……」と言われ、ほろりとする。

四月二日
火曜　曇
東和会の会計係、一年やって、今春でお役ごめん。
会計報告三通提出、
次の佐藤さんへ一括して渡す。

六月三十日
金曜
らっきょう、漬け込む。
Y、くさい匂いにへきえき。
夜、ひやしどり。

六月三十日
土曜　晴
渋谷で、十二時三〇分、Yとドッキング。
今度新しくできたパルコをみる。瓢亭など見学、一人前六千円也におそれをなし、小川軒で昼食、ミニッツステーキ・コース。
Yのフォーマルシューズ、ヨシオカで買う。

六月三十日
日曜　雨
九時半まで休む。
Y、一日休養。
やせたこと、65kg弱。
疲れやすいこと、
食欲のないこと、
気になる。

八月十六日
水曜　晴
なんとも暑し。
夜、律子さん来訪ゆえ、
ライチイジイ、
冷しこんにゃく、
幕の内弁当、作る。
四時来訪。
松本土産のテーブルセンター、わさび漬、頂く。アルバイト（日本信販）をして夏休みを大半過し、松本旅行して、明日庄内に帰られるとのこと。
二分咲きのばらのように水々《ママ》しく美しい。

八月十六日
木曜　晴
暑し。
アパートの赤ん坊もくるしいか、よく泣く。
「江戸ことば」筆写。
隣のアパートの若い奥さんの声、
「いくじなしのむうちゃん！」

八月十六日

八月二十一日
月曜　雨

八月二十一日
火曜　晴

八月二十一日

かくりと涼しく、雨そぼそぼ……二時半のひかりで、Yと京都へ——五時半着、すぐ俵屋へ。「寿」を予約したのに、長逗留の客ありとて、招月へ案内さる。非常にいい部屋。気に入る。夕食、はも湯引き、あわびなど出て、Yごきげん。お酒三本のんで、「大岡越前」をテレビでみて眠る。

九月二十二日
金曜　晴
夜、台所の窓より、みごとな十五夜の月をみる。
Yを呼ぶ。

九月二十三日
土曜　晴
九時半、東京駅で繁子ちゃん、てるやす君、正子ちゃんに会う。
鎌倉行のおとも。八幡宮、大海老、大仏さまとまわる。大変な人出。

Y、休む。
N＝N
終日、休養。

九月二十二日
土曜　雨
終日、雨。
母、二時三〇分ひかりで帰るのを送ってゆく。順法スト、影響すくなく、二〇分位おくれて発車。
今日「金子さんを囲む会」が横浜であったが、欠席。

九月二十三日
日曜　晴
11時頃、東京発、鎌倉へYと。
鎌倉赤坂飯店でYは支那そば、私は焼きそばの昼食。
近代美術館でルドン展をみる。ルドン

九月二十二日
日曜　雨
Y、日直、当直。
朝電話して、藤野さん宅へ、常木さん到着と知る。
一時半、お二人来訪、なつかし。
三時間、歓談。ライスカレー、巨峰などで夕食。今夜七時十五分に発たれるとのこと。常木さんからは、銅打ち出しの花びん、笹だんご、クッキー。
藤野さんからは果物、沢山頂く。

九月二十三日
月曜　晴
秋分の日で休日。
Y、当直あけ11時帰宅、笹だんご、おいしがる。
Yと散歩がてら武蔵関公園へ——

鎌倉はいつきてもよい。鳥居で、Yのネクタイ一本買う。
六時すぎ帰宅。
Y、ヴォラール展に行くつもりで吉祥寺へ出たが、いやになって帰ってきたという。

九月二十八日
木曜　晴
一時半、前田鋭子氏来訪。
五時までだべる、というより話を聴く。金子家訪問や、北海道の話。
夜、さつま汁。
テレビで、田中角栄主催の晩さん会で、カンペイのありさまをまたみる。
明日は、日中共同声明が出される模様。

十月五日
木曜　晴
新哉さん、Yと共に、八時前、家を出て、帰られる。
夜、忽然と家の金もくせい咲いているのを知る。庭へ忘れた洗濯ものとりにいって。
二、三日前に、よく調べたのに咲いていず、今年は駄目かと思っていた。
Y、「愉快、愉快!」とよろこぶ。

には何故か心ひかれる。いい絵沢山あったが、大変な人でのびる。
小町通りみて、六時頃帰宅。
少々、暑いくらいなり。

九月二十八日
金曜　晴
疲れる。
なんだか深い疲れ。

十月五日
金曜　曇・雨
10時より深大寺、深水庵にて櫂の会、連詩をする。
衿子さん、午後おそく到着、全員集まったことになる。
二千円で、おでん、姫鱒、さしみ、天ぷら、山菜煮等、大変御馳走が出る。
七時以降、大岡家にて続け、十時半辞す。

武蔵関のカメラ屋で、動かなくなってしまったカメラ、直してもらう。私の操作ミス（フィルム終了なのに、まだ（1）と思って押しつづけ）とのこと。
ぶらぶら歩いて、園芸店で添木買う。

九月二十八日
土曜　晴
吉祥寺東急でYとドッキング。
サンジェルマンのシャーベットたべ、チャーシューメンの昼食。錦小路まつりで鱧買う。
Yと別れ、マギーで仕立て上がりのツーピース受けとる。まあまあの出来。

十月五日

匂いがあって、やがて咲いているのを
知る、床しい花だ。

十一月四日
土曜　曇
Y、当。
暮しの手帖論書く。

十二月三十日

あと一回分づつぐらい皆仕残す。
谷川さんの車で、家まで送ってもらう。

十一月四日
日曜　晴
Y、二時に出て、千葉へ医局旅行。
私は「三日の違い」の草稿書き。

十二月三十日
日曜　晴
10時、車で、仁和寺、竜安寺、大徳寺を廻る。Y、いたく竜安寺を気に入る。年末とて、どこもひっそり。めぐるのには良い。
昼食、予約していた「たん熊」にて。一度Yを連れてきたかったところ、谷川さんと来たときは五千円だったのに、七千円に値上り。かぶらむしがおいしい。
三時一四分のひかりで帰京。
家ぶじ。荒木運転手が言ったように、「大名旅行」だったかもしれぬ。

十一月四日
月曜　曇
Yと横浜行。
南京街ゆっくりみて、
有昌で肉ちまき、
清風楼でしゅうまい、
同發で支那菓子、買う。
元町の信濃屋で、バーバリのレンコート、いいのをみつけ、Y、ほしがる。

十二月三十日
月曜　晴
Yと渋谷で待合せ（当帰り）。
更科で天ぷらそば食べ、
横浜へ直行。
信濃屋で待望のYのレンコート（四万五千）買い、Yはごきげん。
南京街で、有昌の肉ちまき、清風楼でしゅうまい買って帰る。

茨木のり子　略年譜

一九二六（大正十五）　六月十二日、大阪回生病院で、父・宮崎洪（ひろし）、母・勝の長女として生まれる

一九二八（昭和三）　2歳　弟・英一、生まれる

一九三七（昭和十二）　11歳　この年（小学校五年生）、日中戦争起こる。十二月、生母・勝死去

一九三九（昭和十四）　13歳　愛知県立西尾女学校入学。第二の母・のぶ子を迎える

一九四二（昭和十七）　16歳　父、愛知県幡豆郡の吉田（現・西尾市）で病院を開業。吉田に転居

一九四三（昭和十八）　17歳　帝国女子医学薬学理学専門学校（現・東邦大学）薬学部に入学

一九四九（昭和二十四）　23歳　医師・三浦安信と結婚。埼玉県所沢市に住む。

一九五〇（昭和二十五）　24歳　「詩学」の投稿欄「詩学研究会」に初めて詩「いさましい歌」を投稿（村野四郎選）。このとき初めて茨木のり子のペンネームを使用。その後、「焦燥」（一九五一年）、「魂」「民衆」（五二年）を詩学に投稿

一九五三（昭和二十八）　27歳　五月、同じ詩学研究会に投稿していた川崎洋と共に、同人詩誌「櫂」創刊。以後、谷川俊太郎、吉野弘、友竹辰、大岡信、水尾比呂志、岸田衿子、中江俊夫らが参加。一九五七年十月、解散

一九五五（昭和三十）　29歳　十一月、第一詩集『対話』不知火社から刊行

一九五六（昭和三十一）　30歳　三月、新宿区白銀町（神楽坂）に転居

一九五八（昭和三十三）　32歳　二月、豊島区池袋に転居。四月、「杏の村のどたばた」NHKラジオ放送。十月、保谷市（現・西東京市）東伏見に家を建てる。十一月、詩集『見えない配達夫』飯塚書店から刊行。同月、「埴輪」TBSラジオ芸術祭参加ドラマ放送

一九六一（昭和三十六）　35歳　三月、夫・安信、くも膜下出血で入院

一九六三（昭和三十八）　37歳　四月、父・洪死去。弟・英一が跡を継ぐ

一九六五（昭和四十）　39歳　一月、詩集『鎮魂歌』思潮社から刊行。十二月、「櫂」復刊

一九六七（昭和四十二）　41歳　十一月、『うたの心に生きた人々』さ・え・ら書房から刊行

一九六八 昭和四十三 42歳 「わたしが一番きれいだったとき」（作曲ピート・シーガー、翻訳片桐ユズル）ＣＢＳ・ソニーレコード発売

一九六九 昭和四十四 43歳 三月、現代詩文庫20『茨木のり子詩集』思潮社から刊行。五月、愛知県民話集『おとらぎつね』さ・え・ら書房から刊行

一九七一 昭和四十六 45歳 五月、詩集『人名詩集』山梨シルクセンター出版部から刊行。十二月、「櫂の会」連詩始まる

一九七五 昭和五十年 49歳 五月二十二日、夫・三浦安信、肝臓がんのため死去。十一月、エッセイ集『言の葉さやげ』花神社から刊行

一九七六 昭和五十一 50歳 ハングルを習い始める

一九七七 昭和五十二 51歳 三月、詩集『自分の感受性くらい』花神社から刊行

一九七九 昭和五十四 53歳 六月、『櫂・連詩』思潮社から刊行。十月、岩波ジュニア新書9『詩のこころを読む』刊行

一九八二 昭和五七 56歳 十二月、詩集『寸志』花神社から刊行

一九八九 平成元 63歳 三月、朝日文庫『ハングルへの旅』刊行

一九九一 平成三 65歳 二月、『韓国現代詩選』（花神社）で読売文学賞受賞。五月、韓国への旅

一九九二 平成四 66歳 十二月、詩集『食卓に珈琲の匂い流れ』花神社から刊行

一九九九 平成十一 73歳 四月、評伝『貘さんがゆく』童話屋から刊行。十月、詩集『倚りかからず』筑摩書房から刊行。十一月、評伝『個人のたたかい――金子光晴の詩と真実』童話屋から刊行

二〇〇一 平成十三 75歳 二月、詩集『見えない配達夫』、六月、詩集『対話』、十一月、詩集『鎮魂歌』童話屋から再刊

二〇〇二 平成十四 76歳 六月、詩集『人名詩集』童話屋から再刊。七月十九日、弟・英一死去。八～十月、『茨木のり子集 言の葉』（全三巻）筑摩書房から刊行

二〇〇六 平成十八 二月十七日、くも膜下出血のため東伏見の自宅にて死去。享年七十九歳。遺志により葬儀、偲ぶ会は行わず、生前に用意された手紙が親しい友人、知人に送られる。四月、夫の遺骨が眠る鶴岡市浄禅寺の三浦家の墓に納骨

二〇〇七 平成十九 二月、詩集『歳月』花神社から刊行

二〇一〇 平成二十二 十月、『茨木のり子全詩集』花神社から刊行。十一月、『茨木のり子の家』平凡社から刊行

●年譜作成にあたり、『茨木のり子展図録』（世田谷文学館）、および『茨木のり子詩集』（岩波文庫）所収の年譜を参考にしました。

取材協力
宮崎治

装丁・レイアウト
櫻井久、中川あゆみ（櫻井事務所）

取材・編集
清水壽明、織田桂
日下部行洋（平凡社）

料理・器
織田桂

＊本書に掲載した写真で、撮影者不明のものがあります。
お気づきの方は編集部までご連絡ください。

茨木のり子の献立帖

二〇一七年一月一三日 初版第一刷発行
二〇二三年三月三一日 初版第六刷発行

著　者 茨木のり子
写　真 平地勲
発行者 下中美都
発行所 株式会社平凡社
〒一〇一-〇〇五一
東京都千代田区神田神保町三-二九
電話 〇三-三二三〇-六五八四（編集）
〇三-三二三〇-六五七三（営業）
振替 〇〇一八〇-〇-二九六三九
ホームページ https://www.heibonsha.co.jp/

印刷・製本所 三永印刷株式会社

ISBN978-4-582-63505-8 C0077
NDC分類番号596
B5変型判（21.7cm） 総ページ144

落丁・乱丁本はお取り替え致しますので、
小社読者サービス係まで直接お送りください（送料小社負担）。